むすび橋

結実の産婆みならい帖

五十嵐佳子

朝日文庫

本書は書き下ろしです。

目次

むすび橋　結実の産婆みならい帖

第一章

燕来たる

一

東の空に、明けの明星が光っている。墨を流したような空はわずかに透明さを増しているが、町はまだ眠っていた。日が昇れば人であふれかえる日本橋《にほんばし》の大通りも静けさに包まれている。

大きな風呂敷包みを背負い、結実《ゆうみ》とすずは真砂《まさご》の後を歩いた。かたかたと三人の下駄の音が空に抜けていく。

「生まれたか」

潜《くぐ》り戸を開けた木戸番《きどばん》が声をかける。

「はい。元気な男の子でございました」

「そりゃ、めでたい。夜通し、てぇへんだったな」

「そちらさんも。朝に晩にご苦労様でございます」

「って、そっちもそうだ」

「でございますね」

　どの木戸でもこのやりとりが繰り返された。

　江戸では一町区画ごとに一門ずつ町木戸があり、夜五ツ（午後八時）になると戸を閉め、夜四ツ（午後十時）には錠をかける。戸が開くのは朝六ツ（午前六時）で、その間に出入りするには、木戸番に通る理由を話し、潜り戸を開けてもらわなくてはならない。だが、医者と産婆《さんば》だけは説明不要で木戸を通ることができた。

　真砂は産婆で、結実とすずはその見習いだった。

　昨晩、夜四ツ半（午後十一時）すぎに三人はこれらの木戸を抜け、八丁堀《はっちょうぼり》から日本橋品川町《しながわちょう》に向かった。産気づいたのは、裏店《うらだな》・八右衛門店《はちえもんだな》に住むたけだった。たけは表具師《ひょうぐし》・佐平《さへい》のおかみさんで、今年二十七歳のたっぷりと太った女だ。たけは八歳の長男を頭に、すでに三人の子を産んでいた。四人目ともなれば慣れたもので、ごく順調にまるまるとした男の子を産んだ。

　結実は、たけの満ち足りた顔を思い出した。生まれたばかりの幼子を見つめながら、たけはゆったりと微笑《ほほえ》んでいた。汗で後れ毛は肌にはりつき、目の下には青いクマが浮かんでいる。だがその目は、内側から発光しているかのように輝いていた。

赤ん坊が手足を縮めて泣き始めると、たけは豊かな乳房をだした。顔は日焼けしているのに、青い血管がすけて見えるほど白い乳房だ。たけは指で乳首を押しつぶすようにつまんだ。乳がにじむ。赤味と黄味が混じった最初の乳だ。

たけが赤ん坊を縦にだきあげると、二度三度、赤ん坊の口が乳首を行き過ぎ、やっと吸い付いた。たけの頰がまた緩む。十月十日お腹《なか》の中で育ち、この世に誕生したばかりの小さな命が愛《いと》おしくてたまらないと、その顔に書いてある。

産んですぐに乳が出るのは、たけにとって四人目の子だからだろう。初産ではこうはいかない。乳が出るまで三、四日ほどかかることもある。

八右衛門店の女たちは上の三人の子どもの世話をかってでていた。亭主の佐平も慣れた様子で、手ぬぐいを首にかけ、黙々とお湯を山と沸《わ》かした。赤ん坊に産湯をつかわせたのも、長屋の者たちに赤ん坊の顔をみせてまわったのも、佐平だ。

「子だくさんなんだから、しっかり稼いでおやりよ」と長屋の者たちからいわれ、佐平は照れくさそうな表情でお礼をいった。

しらじらと夜が明けていく。やがて雀《すずめ》の鳴き声が聞こえ始めた。

花びら色に町全体が染まっていた桜の季節も過ぎ、夜明けでも寒さは感じられない。大地の湿り気を吸った風が心地よかった。

お天道様の光が強くなるにつれ、藍色、茜色《あかね》、白、黄色。空にはさまざまな色が入り交じりはじめた。身体《からだ》はくたくただったが、新たな命がこの世に生まれ落ちる場に立ち会ったという満ち足りた思いに包まれ、結実の足取りは軽い。

結実の師匠である真砂は、母方の実の祖母で、産婆として、四十年近くも赤ん坊をとりあげてきた。結実は十四歳から真砂の家に同居し、ひとつ年上のすずとともに、下働きからお産の手伝いまでをこなし、産婆になる修業を続けている。

それも七年、この春、結実は二十一歳になった。

二

家の戸をあけると、上がり框《がまち》にお盆がおいてあった。かけてある手ぬぐいをとると、おにぎりと青菜の漬け物がのった大皿があらわれた。脇に土瓶も置かれている。実家の母・絹《きぬ》の気遣いだ。

真砂の家は結実の実家の敷地内にあり、内輪では実家を本宅、真砂の家は別宅と呼んでいる。いつも開け放たれている門をくぐり、右にすすめば本宅、左に行けば別宅。間に小さな庭と井戸、そして奥には薬草を植えている猫の額ほどの畑がある。

結実たちは荷物をおろすと、おにぎりをほおばり、喉を鳴らしてお茶を飲み、そそくさと布団にもぐりこんだ。

床に入るとどっと疲れが出た。納豆売りの声が遠くに聞こえる。木戸が開き、世の中は人が起きる時刻になったらしい。そう思ったのを最後に、結実の気が遠くなった。

がたぴしと戸が開く音がして、目が覚めたのは明け六ツ半（午前七時）だった。一《いっ》刻《とき》（二時間）ほど寝ただろうか。

「湯を浴びるなら、さっさと起きて湯屋に行っといで」

唐紙があいたと思うや、朝の光が差し込み、真砂の声が上から降ってきた。真砂は白髪まじりの髪を櫛巻《くしま》きにし、手ぬぐいで、風呂上がりのほてった顔を押さえている。

朝風呂は真砂の唯一の楽しみで、寝る時間を削っても湯屋に行く。実家にも湯殿はあるが普段はみな湯屋を利用していた。

「おすずちゃん、湯屋に行こう。起きて！」

隣の寝床で布団をかぶっていたすずが目を開けるやいなや、跳ね起きる。結実が振り向いたときにはもう、すずは手ぬぐいを手にしていた。

すずは背が低く、やせっぽちで色はあさ黒く、整った顔立ちをしている。ものいいは柔らかいが、女は早く嫁に行くのがいちばんという親を、手に職をつけて産婆になりたいとこんこんと説得して、真砂の元にきたしっかり者だった。

実家は大伝馬町《おおでんまちょう》一丁目の裏店で、父は研《と》ぎ師《し》、母は袋貼りの内職をしている。すずは末っ子で、兄や姉は所帯を持って家をでていた。

控えめでやさしげなすずには、このごろ町の若い衆から付け文なども届いていて、そういうことにはまだとんと縁がない結実にとってはうらやましい限りだった。

湯屋から帰ると、三人は庭を横切り、実家に向かった。朝昼晩の食事は、母の絹と女中のうめが用意してくれる。お膳には納豆、小松菜と油揚げの煮物、しじみの味噌《みそ》汁《しる》がのっていた。

「昨日のお産、どうでした？」

三人の湯飲みに、絹は番茶を注《つ》ぎ足しながらたずねる。

「いいお産でした。生まれた子も元気で……」

真砂がお茶をひと口含み、答えた。

「それはようございましたね」

絹は色白の顔に地蔵眉《じぞうまゆ》、涼しげな目に小さな口元、ふっくらした身体をしており、丸髷《まるまげ》に結った豊かな髪は烏《からす》の濡《ぬ》れ羽色だ。娘時代、八丁堀小町といわれた容貌は今も健在で、人当たりもよく、笑うと愛嬌《あいきょう》がこぼれる。

一方、絹の実の母の真砂は、二皮目に鷲鼻《わしばな》の、彫りの深い男顔だった。大きめの口はへの字に曲がり、鶴《つる》のようにやせており、低めの声で話す。

正反対のようにも見えるが、ふたりとも、噂話《うわさばなし》や悪口などよけいなことは口にしない。そんなところはやはり親子だった。

「でも疲れた顔をなさって……おっかさまもお年ですし、夜中まで働くのは……」

「ふたりが一人前になるまではそうもいっていられませんよ。夜中だろうが明け方だろうが、呼ばれたら駆けつけないと」

お産は時刻も人も選ばない。深夜であろうが早朝であろうが、相手がお武家であろうが貧乏人であろうが、産婆は呼ばれたらすっ飛んでいって赤ん坊をとりあげる。それが真砂の信条だ。こうして取り上げた赤ん坊は三千人をくだらない。

「もう還暦なんですから、ご自分の身体のこともお考えくださいませね」

「老いては子に従え、ですか？　肝に銘じておきましょう」

真砂は武家の出で、その真砂に育てられた絹もやや武張《ぶば》った言葉遣いをする。

真砂の父・羽田松太郎《はたまつたろう》は北方の藩に仕える武士だったが、不遇のうちに亡くなったという。松太郎の死後、真砂は母と共に江戸に出てきて産婆の修業をつんだ。大工の新吉《しんきち》と夫婦になり、ふたりの娘、綾《あや》と八歳違いの絹を産んだ。

実をいうと、結実は絹ではなく、絹の姉・綾の娘である。

綾は安政《あんせい》二年（一八五五年）の地震のときに、腹に宿っていた子どももろとも、三十歳で命を落とした。

綾は目鼻立ちがきりっとしている上、性格もさばさばしていた。結実の顔だちも気性も綾によく似ていると真砂と絹からはいわれる。

母を亡くした結実の面倒をみてくれたのが、当時二十二歳だった叔母の絹と祖母の真砂だった。真砂はかつての住まいを畳み、この離れに引っ越し、絹は勤めていた薬《やく》種問屋《しゅどんや》をやめ、翌年、綾の夫だった医者の山村正徹《やまむらせいてつ》の後添えに入り、結実の義母になった。絹と正徹の間に生まれた弟、章太郎《しょうたろう》は今年で八歳になる。

真砂が表の診療部屋のほうに目をやり、わずかに眉をよせた。

「今日はずいぶんわさわさと……」

「今朝早く、小松町《こまっちょう》の普請場に立てかけていた材木が倒れたそうで、下敷きになって足を折った人やら、背中を打った人やらが次々……」

結実の父・山村正徹は腕のいい医者として評判で、内弟子の源太郎《げんたろう》とともに、年中忙しく病人やけが人の手当にあたっている。

三

支度《したく》を整えると、三人は家を出た。出産から、臍《へそ》の緒が落ちるまで六、七日ほど、真砂たちはお産のあった家に通う。赤ん坊は乳の飲み方がうまい子ばかりではない。乳は出ているか、足りているか、臍の緒を切ったところが膿《う》んでいないか。熱を出していないか。母親と赤ん坊を見守るためだった。

産後はちょっとしたことが母子の命に関わりかねない。乳の出が悪い乳房や、かちかちにはった乳房をほぐすのも産婆の仕事だ。すずと結実は、赤ん坊に湯をつかわせもする。

近所に、親身になってくれる世話好きの女がいればいいが、ひとりで子育てをする者も江戸には少なくなく、産婆は子育てなんでも相談所でもある。

「あ、燕《つばめ》!」

日本橋を渡っているとき結実の前を小さな黒い影が横切った。燕は縁起の良い鳥で、燕が巣をかける家は病人が出ないとか火事にならないといわれる。

「あたし、今年燕見たの、はじめて」

「あたしも……いいことあるかな」

結実とすずは顔を見合わせ微笑んだ。

たけの子どもたちは、長屋の路地で遊んでいて、物干し場には、とりどりの洗濯物が見事に翻《ひるがえ》っていた。

「真砂さん、言われたとおり、赤ん坊とおたけさんのものはちゃんとお天道様にあててるよ。古い産衣《うぶぎ》やおむつも、お湯で煮立てておいたから安心しとくれ」

女たちが、真砂に声をかける。真砂はニッコリ笑った。笑うといかつさが消え、優しさがにじみでる。

ぼろ布や古いおむつをそのまま使うと、赤ん坊が熱をだし、取り返しのつかない事態になることがある。古布は一度お湯で煮沸し、身につけるものは毎日洗濯してお天道様でからりと干し上げ、赤ん坊をさわるときには手を洗うことが肝要だった。

たけは赤ん坊と並んで横になっていた。よっこいしょと起きかけたたけを、真砂が手で制す。

「あ、寝たままでいいですよ。よく眠れました？」

「おかげさまで……前のお産のときは赤ん坊の顔を見ていたくて、寝るのが惜しいくらいだったのに。腰もがたがただし……こんなにくったびれたなんて年かね」

そういいつつ、たけは隣の赤ん坊の顔を満足気に見つめる。

「たけさんはまだ若い若い。軽いお産でしたよ。すぐに元に戻ります」

赤ん坊に目をやったまま、たけはこくんとうなずいた。

「佐平さんは？」

「働きに。これから、この子にも食べさせなくちゃなんねえ。休んじゃいらんねえって、張り切って、朝っぱらからお得意様の家にすっ飛んでいっちまいました」

「いいご亭主だ」

「貧乏暇なし。貧乏人の子だくさん。これってうちのこと」

たけがふふっと笑う。がらりと戸が開いて長屋の女が顔を出し、湯を入れた桶《おけ》を差し入れた。

「ここにおいとくよ。足りなきゃ、まだたっぷり沸かしてあるから、いっとくれ」

「悪いわね、助かります」

「なんの。持ちつ持たれつだから」

そそくさと戸を閉める。そっけなさは、女たちの照れ隠しの表れだ。

すずがたけの身体を拭《ふ》き、結実が赤ん坊を湯浴《ゆあ》みさせた。

「この子の顔を見ていると、またがんばらなくっちゃって。力がわいてくる。赤ん坊って不思議なもんだね」

日向《ひなた》の匂いのする産衣に着替えさせた赤ん坊に乳をふくませ、たけはつぶやいた。

たけの家をでた三人は手分けして、それぞれお産のあった家を回ることにした。いつお産で呼ばれるかわからないので、産婆は長い時間、家を留守にはできない。

結実は日本橋を渡り、西河岸町《にしがしちょう》の「八百菜《やおさい》」に向かった。八百菜の嫁・ふくは今、もっとも気がかりな産婦のひとりだった。

ふくがはじめての赤ん坊を出産したのは、ざっとひと月前のことだ。生まれたのは女の子だった。難産だったせいか、予後がよくなかった。出産の翌日から熱をだし、今も微熱がひかない。結実は四、五日に一度、ふくの具合を見に通っている。

通りを人々が急ぎ足で行き交い、大八車《だいはちぐるま》や荷運びの馬が音をたてて過ぎて行く。

西河岸町は、全国から荷が運ばれてくる日本橋川沿いにある。日本橋川には伝馬船や小舟がたくさんでており、対岸には廻船問屋《かいせんどんや》の白壁土蔵が建ち並んでいた。

盛り場の常でこのあたりでは迷子も多く、七年前には迷子石こと「迷い子のしるべ」が新たに建立された。

八百菜は迷子石のすぐ近くに店を構えている。料理屋などにも野菜を納める大きな八百屋で、店先では小僧が威勢良く声をあげていた。泥つきの芋やゴボウなども扱っているが、女中が磨き上げた奥の入り口には、今日もちりひとつ落ちていない。

「いつまで寝ているんだか……あたしたちが若いときは子どもを産んで十日もしたら店に出てたもんですよ」

姑《しゅうとめ》で八百菜の大女将《おおおかみ》の京《きょう》は、結実にも不愉快な表情を隠さない。この家を訪ねるたびに京のつけつけしたものいいに、結実は毎回うんざりさせられた。

ふくが寝かされていたのは、家の奥のごく狭い部屋だった。よくて納戸《なんど》、正直いえば縁側のようなもので、隣の部屋とは板戸で仕切られていて一方は雨戸になっている。

雨戸を閉めきっているため、日がささず、光は雨戸の隙間から漏れ入ってくるだけで薄暗い。板の間から湿気と冷気があがってくるのでいつ行っても肌寒かった。

「おふく、お産婆さんが見えましたよ」

京はつっけんどんにいった。床から起き上がろうとしたふくを結実が止めた。

出産から三月ほどは、どんな丈夫な女でも音をあげるほど子育ては大変だ。一刻半(三時間)おきに、赤ん坊は泣き、おっぱいをせがむ。飲みが悪かったり、乳が足りなかったりすれば、間隔はさらに短くなる。乳をやり、おむつを替え、寝かしつけ、また乳をやる……これが夜昼なく続く。はじめての子なら、慣れない不安も加わり、しんどさは倍になる。母親の身体の回復が遅れていれば、なおさらだ。

結実は、ふくの横で寝ている赤ん坊に目をやった。さとと名付けられた子は目をつぶり、くぅくぅと眠っていた。

「ご飯、少しは食べられるようになりましたか」

ふくは細い首をゆっくり横にふった。あごがとがり、目ばかりが大きく見える。

「おさとはあまり泣きもしないいい子なんですよ。なのにおふくは口を開けば、頭が痛い、疲れてると、泣き言ばかり。ご飯もお菜も残してばかりでもったいないったらありゃしない。まったく困ったもんですよ」

京が腹立ちをぶつけるようにいう。ふくが切なげに眉を寄せた。京の言葉が針のようにふくを刺している。結実は振り返った。

「お京さん、少しの間、部屋の外でお待ちいただけませんか」

幾分《いくぶん》強い調子でいった。

人に命じられることを嫌う京は、むっとした顔できびすを返すと、ぴしゃりと音をたてて戸を閉じた。ふくの口からほっと小さなため息が漏れ出た。

「ちゃんと食べないと、身体が戻らないよ。自分のためだけじゃなく、おさとちゃんのためにも、がんばって食べようよ」

「……ええ、でも食欲がなくて……」

「魚とかは食べてる？　卵は？」

ふくはまた首を横に振る。卵は高価だが、八百菜の身代ならいくらでも買えるはずで、前回訪ねてきたときに、ふくに卵を食べさせてほしいと頼んだのだが、京は返事をせず、あいまいな顔をしてみせただけだった。

さとが泣き出した。おむつに手をあてるとぐっしょり濡れている。

「替えのおむつはどこだっけ……」

「そのあたりに……」

ふくの手が空を切る。その仕草に、結実の胸がぎくっと縮んだ。

「あ、あった」

ことさら明るい声をだして、結実は傍《かたわ》らにつみあげられていたおむつを手に取った。産衣を開き、濡れたおむつをはずそうとして、再び、結実の背筋が凍った。

さとは痛々しいほどやせていた。赤ん坊は一時期、目方が減るが、ひと月もたてばまたしっかりしてくるものだ。だが、さとは前回来たときよりさらにやせているように見える。肉の少なくなった両股にしわが寄っていた。

おむつを替えても、さとは弱々しく泣き続けている。

「おっぱいがほしいのね」

ふくはさとに乳をやりはじめた。だがすぐにさとは乳首を離した。もう一方の乳房に替えても口から離す。吸っても乳が出ないのだ。

ふくの目から、はらはらと涙がこぼれ落ちた。

「おっかさまが、あたしは嫁失格だって……そうよね……おさともこんな母親じゃかわいそうだ……」

結実はその肩に手をおき、骨でごつごつしたふくの背中をそっとなでる。

「乳が出る人ばかりじゃない。ずっと出なかったのに、急にあふれるように出るようになる人もいっぱいいるの。だから、出ないって決めつけずにがんばろう。身体が戻るのも、人さまざまだよ。すぐに働ける人なんて、ひとにぎりだし、早くに動き出して、あとから身体にさわりがでることだってあるの。だから無理は禁物《きんもつ》」

「もうひと月もたっているのに……」

「ゆっくり休めばきっと元気になるから、今は自分の身体とおさとちゃんのことだけ思って、大事にしようね」

「……顔を見るたびに、おっかさまから役立たずといわれて……」

「ひどいよね。でも焦っちゃだめよ。今のところは何をいわれても、どんと構えて、食べて寝る。働くのはそれからよ」

「そんな日がくるのかな……」

「……鶴《つる》の助《すけ》さんは優しくしてくれる？　おふくさんは鶴の助さんの恋女房でしょ」

ふくはうんとうなずく。鶴の助がふくを見初めて、ふたりは一緒になった。八百菜は八百屋では大きい店だが、ふくの実家は本石町《ほんごくちょう》二丁目の米問屋「白澤屋《しろさわや》」で、多くの大名の御用達《ごようたし》でもあり、別格の商売をしている。

同じ家格のところから、働き者の女を嫁に迎えたいと望んでいた京は反対したという。白澤屋も、蝶よ花よと育ててきた大事な娘を、格下な上、口うるさい姑が仕切っている八百屋になど嫁にやりたくないと話を断ろうとした。

だが、鶴の助は白澤屋に通いつめ、ふくを大事にし、決して辛《つら》い思いはさせないと約束した。主が亡くなってから女手ひとつで店を守ってきた実母の京にも、鶴の助は誰がなんといおうとふくと一緒になると啖呵《たんか》をきり、やっとのことで祝言《しゅうげん》をあげたという話だった。

しかし、いざ一緒になると、京はふくに女中仕事から客の応対まで命じ、朝から晩までこきつかった。大切にするという白澤屋との約束はあっさり反故《ほご》になったらしい。

ふくは気丈にがんばった。女中仕事はともかく、大商人の娘だったからか、客あしらいもうまく、店では生き生きと立ち働いていたという。だが、もともと丈夫な方ではなく、寝る間もない日常がふくを少しずつむしばんでいった。

産婦のときにはひどいつわりに悩まされた。それが京の不満の種となり、寝込んでいるふくに、働かざる者食うべからずとののしったとか、町の噂になったほどだった。

帰り際、結実は思いきってふくにたずねた。

「おふくさん、このごろ、目が見えにくいことない？」

ふくは口ごもりながらも、暗いところでは目がよく見えないと低い声でつぶやいた。

部屋を辞した結実は、姑の京を探した。前掛けをかけて店でてきぱきと男たちを差配していた京は、結実を見て、目に険を浮かべた。

「雀目《じゃくもく》になりかけてる⁉　おふくが」

「ええ、それも進んでいるようで」

暗いところでは見えにくくなるのが雀目だった。普通なら、しばらくすると暗さに目が慣れて周囲に何があるかわかるものだ。だが、雀目では馴《な》れることがない。雀目になるのは、相当身体が弱っているということでもある。

京は心配するどころか、こめかみに青筋をたてた。

「だからいわんこっちゃない。大店《おおだな》の娘なんて、何の役にも立たないから、嫁にもらうもんじゃないとあれだけいったのに。年柄年中、調子が悪いといいはって……。あげくのはてに、子どもを産んで雀目だなんて……。まったく、どこまで迷惑をかければ気がすむんだ。おさとは手のかからない育てやすい子だっていうのに……」

「おさとちゃんは泣かないんじゃないです」

えっと京は虚をつかれた顔になる。

「おさとちゃんも、弱っています。乳がたりなくて、身体に力が入らず、泣く力が出ないんです。ですから、もらい乳をそろそろ考えないと……」

「もらい乳？」

「ええ。目方が増えていないどころか、やせてきているようですし。もしお心当たりがなければこちらで、乳を分けてくれそうな人を探しますが」

京は唇をかんでだまりこんだ。

「おふくさんも、これ以上悪くならないうちに医者に診《み》せたいのですが……薬を飲んで養生したら雀目はきっとよくなりますから……もしよかったら、家のものに……」

京は結実をにらむと、はんっと小馬鹿にしたように笑った。

「なまけ者につける薬があれば、医者にも診せますよ。あんた、見習いでしょ。子どもも産んだことのない小娘のくせに生意気な。その上、親が医者だからって、家のものにって……医者代もばかにならないのに。訪ねていらっしゃるのは今後、控えてもらいましょうか。お産のお代はもうお支払いいたしましたし」

若く経験がないというだけで、話を真に受けてもらえないのは今に始まったことではない。けれど今日のように罵倒《ばとう》されるのは、やりきれなかった。といって、ふくとさとは放っておいていい状態ではない。

「せめておふくさんには滋養のあるものを食べさせてあげてくれませんか」

「お帰りはあちら。さっさと帰っておくれ」

箒《ほうき》で追い払うような乱暴な口調で、京は言った。

どうすればよいかと思案しながら海賊橋《かいぞくばし》を渡っていたとき、よく日焼けした男が歩いてくるのが目に入った。ふくの亭主の鶴の助だ。結実は思いきって駆け寄り、ふくとさとのことを切り出した。じっと結実の話を聞いていた鶴の助はうなずいた。

「おふくがそんなに悪かったとは。……おっかさんは、自分が働きづめに働いて苦労したもんだから、嫁が同じように働いて当たり前だと思っているんでやんす。おまけにあの性分だから、かっとなると考えなしに言葉が口から飛び出しちまう……申し訳ありやせん。堪忍しておくんなさい」

鶴の助は結実に頭を下げ、これから鰻《うなぎ》を買って帰るといった。

四

家に戻ってまもなく、真砂とすずも帰ってきた。すずは小松町の長屋に住む浪人の女房を訪ねていた。女房は四日前にふたりめの子を産んだ。

「これで跡継ぎができた、女の役目が果たせたと涙を流して……浪人して守る家がなくなっても、やっぱり跡継ぎが嬉《うれ》しいのかな。上の女の子、五歳でもう道理がわかるでしょう。ちょっとさびしそうでなんだかかわいそうだったの」

すずがそういって唇をとがらせた。結実からため息がもれた。

「どこの家も、まずは男、男だよねぇ。女は嫁に行っちまえば他人《ひと》ん家《ち》のものになってしまうからって……男だって女から生まれるのにね」

「どっちだっていいんですよ、男だって女だって。授かりものなんですから。いざとなれば、養子をとればいいんです」

ぴしゃりと真砂がいった。真砂が産んだのは娘ふたり。結果的にどちらも養子をとらず、同じ男に嫁いだ。跡継ぎはいなくなったわけだが、真砂は頓着《とんちゃく》する風もない。

「おきみさん、どうでしたか？」

結実が聞くと、真砂は首を横にふった、真砂が本日治療に行ったのは、本小田原《ほんおだわら》町《ちょう》の釣具屋「銚子屋《ちょうしや》」の若女将のきみだった。きみの子は逆子《さかご》だった。

「なかなかまわってくれない……まわったかと思っても、戻ってしまう。まぁ、根気よくやるしかありません」

逆子とは、通常の赤ん坊とは逆に、腹の中で頭が上で足が下になっている赤ん坊だ。はじめは逆子でもたいていは、いつのまにか自然に回転して、頭が下になるが、まれに逆子のまま変わらないことがある。産み月が近づき、大きくなるにつれ、赤ん坊は回転しにくくなるため、まだ間があるときに逆子は直さなければならなかった。

もし、逆子のまま臨月を迎えてしまうと、お産は大変になる。足からでは手や肩が産道の途中でひっかかりやすく、母子とも危険にさらされるからだ。

逆子を直すために真砂が用いているのは、鍼灸《しんきゅう》だった。足首の近くにある三陰交《さんいんこう》を細い銀鍼《ぎんしん》で刺激し、小指の爪の脇に細くよった灸をすえる。

しかし、中には回数を重ねても逆子が直らないこともあり、きみがそうだった。

きみの臨月はもうすぐだった。

結実がふくのことを亭主の鶴の助に頼んだというと、ふたりの顔に笑みが浮かんだ。

「よかった。鶴の助さん、おふくさんに鰻を買ってくれたね、きっと」

すずが胸の前で手をあわせる。結実がうなずいた。

「鶴の助さんを見つけたときにはこれぞ神の助けだと思ったわ。大女将のお京さんはけんもほろろ。全然、埒《らち》があかなくて……」

「お京さんは、苦労したから。先代のお姑さんはもっときつくて、嫁に来てからは盆も正月もなく働かされたそうですよ。あの人、寝付いたことなんぞ、一度もないんじゃないのかね。まぁだからって、具合の悪い嫁に自分と同じように働けと文句をいうっていうのもねぇ。誰もが丈夫な身体に恵まれているわけじゃありませんから」

ため息をつきながら、真砂は新しいもぐさをよっている。

結実はかまどから湯気があがったのを見ると、ぐつぐついう大鍋に手ぬぐいやらなんやらを放り込んだ。小鍋の湯の中には、真砂が愛用している銀の鋏がぼこぼこ揺れている。すずは晒《さら》し木綿《もめん》に火のしをかけていた。いつお産があってもいいように、清潔な用具を用意しておくのも、産婆の仕事である。

「恐《こわ》かったなぁ、お京さん。頭ごなしにがみがみ言われたときには震えそうだった。それでね……私、お役御免となってしまいました。申し訳ありません」

思い切って結実はいうと、ぺこりと頭を下げた。

「ん⁉」

真砂が手をとめて、結実を見る。

「お産のお礼はしたから、もう来ないで結構だって。子どもを産んだこともない小娘にいろいろいわれたくないって」

「ずいぶんないいかた……」

すずが小さな声だがきっぱりといった。真砂がうなずく。

「だからといって、はいそうですかと引き下がれる状態じゃありませんよ、おふくさんは。次は私が行きましょうかね」

結実は真砂の目を見てうなずく。

「そうしてもらえると助かります……」

「黙って引き下がってきてはだめよ。伝えることは口にしないと。若くてもいちおう産婆なんだから。見習いでもね」

真砂の声音が柔らかい。

「はい！」と結実が元気よく答えると、真砂が微笑んだ。この笑みに、何度慰められたか。結実はいかつい真砂の優しい笑顔が大好きだった。

「もらい乳はおたけさんに頼んだらどうかなって思うんですけど」

「八百菜は西河岸町。おたけさんは品川町か。……もうちょっと近いところに他に乳の出る人が誰かいないか、あたってみましょう」

「せめて、もうちょっと明るくてきれいな部屋で休めたら、おふくさんの気持ちも身体の回復も違うと思うのに……」

「そうよねぇ、おふくさんは乳母日傘《おんばひがさ》のお嬢様だったのに。狭くて陽《ひ》もささない寒いところに寝かせられて……」

　結実とすずは思わず本音をこぼした。だが真砂は目元に力をいれてふたりを制する。

「余計なことは口にしないように。人様の家にはいろんな事情がありますから」

「でも……あんなに広い家で他にも部屋はあるのに、何もよりによって……」

「家の内情など、傍《はた》からは、わからないものですよ」

「ですよね。お産の時は早く早くと産婆を頼りにしても、無事に赤ん坊が生まれれば、支払いを渋るのはたいていお金持ちだし」

　すずが苦笑した。結実は肩をすくめる。

「子育ても、おたけさんとこみたいに裏店の人たちのほうが案外うまくいったりするよね。……でも、おふくさんには鶴の助さんがいてくれるから」

「ここからが鶴の助さんの正念場ですよ。お京さんからおふくさんを守れるのは鶴の助さんだけなんですから」

真砂はできたもぐさの束を、紙箱にきれいに並べ終えると立ち上がった。

その日の夕食には珍しく全員が本宅の居間にそろった。

男と女、主《あるじ》と奉公人をわける家も多いが、山村家ではみな一緒に食事をする。医者と産婆という職業柄、忙しいときなどは、主従に関係なく、食べられる者から食べるという雑ぱくさだ。

正徹は公事師《くじし》・山村竜之介《りゅうのすけ》の次男で、早くから医師を志し、十代から緒方洪庵《おがたこうあん》の適塾《てきじゅく》と並ぶ佐藤泰然《さとうたいぜん》の和田塾《わだじゅく》に通った。泰然が佐倉《さくら》に移住し、佐倉順天堂《じゅんてんどう》を開くと、正徹もそちらに居を移し、様々な手術も実地で学んだ。

そして十二年前、ここ坂本町《さかもとちょう》に「大地堂《だいちどう》」という診療所を開いた。

大地堂の由来は、老子《ろうし》の「人法地、地法天、天法道、道法自然」であるという。人は地に法《のっと》り、地は天に法り、天は道に法り、道は自然に法る、すなわち人は大地を模範とし、大地は天を模範とし、天は道を模範とし、道はおのずからあるべき姿に従う——要は、自然のままに命を大切にするという意味がこめられている。

「ではいただきます」

正徹は一礼し、箸をとる。

膳には、飯、油揚げと若布《わかめ》の味噌汁、鰯《いわし》の梅干し煮、ふきの炒めもの、こんにゃくの白和《しらあ》え、香の物が並んでいる。

正徹は肩幅が広くがっしりとした体格で、健啖家《けんたんか》だった。温厚な目元が優しげで、笑うと柄にもなく両頬にえくぼができる。結実のえくぼは、正徹譲りだ。

その正徹と並んで、がつがつと飯をかきこんでいるのは、内弟子の藤原《ふじわら》源太郎だった。浅草・材木町《ざいもくちょう》の外科医・藤原玄哲《げんてつ》の長男で、十七歳から住み込みで正徹に学びつつ、大地堂を手伝っている。藤原玄哲は、正徹の和田塾時代の友人だった。

大地堂に来たときすでに、背は高いほうだったが、それからも伸び続け、今では五尺八寸（一七四センチ）近い。人より優に首ひとつ大きいので、どこを歩いていても目立つうえ、うっかりすると低い鴨居《かもい》に頭をぶつけそうになる。横幅は人並みでひょろっとしているが、力はあり、病人を背負ったり、抱きかかえたりするのはもっぱら源太郎の役目だった。

「今日は怪我人《けがにん》が大勢でたそうですね」

真砂が正徹に話しかけた。

食事は無言でという家も多いが、山村家の食卓はにぎやかだ。

「ええ。小松町の小間物屋の隣の普請場で、塀に立てかけていた木材が倒れて、通行人が巻き添えになりまして」

「藤屋《ふじや》さんのお隣ですか？」

ええと正徹がうなずく。

「買い手がついたんですね。ずいぶん長く空き地のままでしたけど。それにしても家を建てようという矢先にお気の毒なこと。木材を無造作に置いていたなんて、大工も迂闊《うかつ》なことをしたもんですよ」

「それが……木材は縄でしっかり結んであったというんですな」

普段はべらんめえ口調の正徹だが、姑の真砂と話すときは丁寧な言葉になる。

「ならどうして」

「何者かが、その縄を切ったようで」

切られた縄がその場にうち捨てられていたという。絹がいい添える。

「建て主は長崎《ながさき》帰りで、蘭学塾《らんがくじゅく》を開こうとしていたそうですの」

「まさか、いやがらせですか？」

真砂が口を一文字に引き結んだ。

「おかみは探索に乗り出していますが、はたして下手人が見つかるかどうか」

正徹の口から小さくため息がもれた。

蘭学が勢いを増していく一方で、外国を排する動きも加速している。

結実の隣に座っていた章太郎が味噌汁椀《わん》を置き、口を開いた。

「痛そうだったよね。腕を折って泣いてた小僧さん、まだ九つだって。あの子、治りますか。治らないとかわいそうです」

弟の章太郎は年の近い子どもの怪我が気になるらしい。なつめ型の澄んだ目、指でつまんだような鼻、桜色の頬に唇と、章太郎はとびきり美形だった。

「幸い単純な骨折だったから、刻がたてば治るさ。添え木をあてて、痛みもだいぶ引いてきたはずだ」

源太郎の言葉はぞんざいだが、口調は春風のごとく柔らかい。

「痛みがなくなる薬があればいいのに」

「あるよ。怪我の痛みをとる強い薬もあることにはある」

章太郎は目を輝かせ、源太郎を見つめる。

「どうしてそれを使わないの？」

「今のところ気軽に使えるものじゃねえんだ」

「高いの？」

「金のことは度外視しても、身体に負担がかかる。薬はひとつ間違えると毒にもなるから」

ふ〜んと章太郎が不満そうにつぶやく。

ごちそうさまといって、章太郎は立ち上がった。少し足をひきずっている。生まれた時から章太郎の足首は極端に内側を向いていた。父親の正徹は、和学から蘭方の医学書まで調べつくしたが、治療法はみつからなかった。それでも何とか外向きに戻そうと、赤ん坊だった章太郎の足に、添え木をあててもみた。だが、足首が硬く、強い痛みがでてしまう。声がかれるほど泣きじゃくる様はかわいそうでみていられず、添え木は外すしかなかった。

章太郎は全身を使い、ゆっくり歩く。一歩進むたびに肩まで揺れた。走ることもできない。木刀をふりまわすことにも縁がない。

自然、章太郎は外に出ることが少なくなった。幼いころの遊び相手といえばもっぱら結実と源太郎で、家と庭が章太郎の世界だった。

大人に囲まれて暮らしていたせいか、妙に大人びた口をきく。

手習いに行きだしてから友だちも増えたが、中には足のことをからかったり、ばかにしたりする者もいるようだった。

「患者さんからいただいたお饅頭《まんじゅう》がありますよ」

絹が声をかけると、章太郎はあわてて戻ってきてぺたんと座った。

「そうだ、姉さん、昨晩のお産はどうだった?」

「生まれたよ。男の子」

「足、曲がってなかった?」

「なかった」

「よかったね。元気に育つといいね」

章太郎は出産の話になると、必ず足のことを聞く。今年はじめて燕を見たというと、章太郎は嬉しそうに微笑んだ。

食器を洗い終え、結実が居間に戻ってくると、正徹と源太郎が縁側に腰をかけて話していた。

「……お父上もそれを望んでおられる。おまえならひとかどの学者になれると私も思うがな」

あのことだと、結実はぴんときた。このところ、正徹は源太郎に医学所に通うようにとしきりに勧めていた。

医学所は、蘭方医を志す者の憧れの学び舎《や》だ。松本良順《まつもとりょうじゅん》が第三代頭取に就任し、オランダ医ポンペ直伝の講義が行われていると評判が高い。

助手である源太郎が医学所に通うようになれば、正徹にとっては痛手である。ますます忙しくなり、次の助手を得るまではこれまでのように大勢の患者を診られなくなるだろう。それでも正徹は熱をこめて源太郎にいう。

「町医者が悪いわけじゃねえが、まあ、少し、考えてみろ。医学も世の中も、たまげるような勢いで変わっている。新しいことを学ぶのもおもしろいぞ。おまえなら、学べば新しい扉がきっと開く」

正徹が引っ込んだ後も、源太郎は縁側に座ったまま、夜空を眺めていた。考えているのかいないのか、中天に浮かぶ白い月をぼや～っと見ている。

外国から黒船が最初にやってきたのは嘉永《かえい》六年（一八五三年）だった。二年後に安政の大地震が起き、さらにその三年後には、長崎ではじまったコロリが江戸にもやってきた。コロリはたちまち江戸中に蔓延《まんえん》し、このとき大勢の人が死んだ。その数、三万人ともいわれる。

当時、十五歳だった結実は、コロリが日常をがらりと一変させたことを覚えている。

昨日まで元気にしていた人が、げぇげぇと吐き始め、厠《かわや》から出てこなくなったかと思うや、寝たきりの垂れ流しになり、あっという間に死んでしまうのだ。

看病していた家族や同じ長屋の人もひとりまたひとりと同じように死んでいく。町を線香の煙と念仏の声が包み、ひっきりなしに棺桶《かんおけ》が通りを行き交っていた。

コロリは南蛮船が日本にもたらした未知の病だった。

正徹たちもコロリ患者の介抱にあたったが、なすすべもなく死んでいく者がほとんどだった。手当に当たった医師も、少なからず亡くなった。

一度は勢いを失ったコロリが、再び流行《はや》ったのは二年前だ。このときは麻疹《はしか》も流行し、麻疹だけで七万もの人が死んだといわれる。将軍の徳川家茂《とくがわいえもち》（徳川慶福《よしとみ》）と御台所《みだいどころ》の和宮《かずのみや》のふたりまでもが麻疹にかかったという読売が出たときは、江戸中の者が嘆息した。あのときも町中に苦しげなうめき声が満ち、大事な人を失った人の泣き声が聞こえた。無力さにさいなまれたのか、夜、井戸端で泣いている源太郎の姿を見たのもこのときだ。

身体と衣服を清潔に保ち、窓という窓を開け、生水や生ものを避け、人と会わないようにし、外出を控え、病の流行がおさまるまで耐え忍ぶしかなかった。

しかし病が蔓延していても、産婆は休めない。いつの世も、お産は待ったなしだからだ。病を恐れて休業する産婆もいたが、真砂は仕事を続けた。

見習いの結実もすずも、真砂について、呼ばれればどこにでも飛んで行った。

器から肌着までお湯で煮立て、口を手ぬぐいで覆い、無患子《むくろじ》の実で作ったシャボンで手を洗い、焼酎《しょうちゅう》をふきつけ、子どもをとりあげた。

この節は横浜にも外国船がやってくるようになり、世の中の変化に再び拍車がかかっている。日本橋を異人が歩いていることさえある。その脇をすさんだ表情の浪人が通り過ぎたりもする。米の値段も急騰していて、長屋住まいだけでなく、みなぴぃぴぃしている。

読売は、京洛《きょうらく》で薩摩《さつま》と会津《あいづ》、長州《ちょうしゅう》が競り合いを起こしたと盛んに書き立てていた。そして京から遠く離れた江戸でも、蘭学塾の建設を邪魔しようとするような輩《やから》が暗躍しつつある。ご公儀は盤石だろうが、世の中はどこかきな臭く、すべてがこのままでいくとは思えないと、結実でさえ感じている。

医学所は江戸随一の勉学の場所であり、西洋の科学技術や医学の知識の宝庫だ。医師を目指す源太郎がなぜ入所を躊躇《ちゅうちょ》しているのか、結実には見当がつかなかった。

世の中がどう変わろうと、頼りになるのは、人を助ける技と知恵ではないか。

「源ちゃん、弟の象二郎《しょうじろう》さんはもう医学所に通ってるんでしょ」

源太郎は振り向きもせずにああとうなずくと、ごろんと横になり、ひじをついた手で頭を支えた。源太郎のことを源ちゃんと呼ぶのは、結実だけだった。結実は源太郎の後ろに座った。

「象二郎さん、いくつなの」

「十五になったかな」

「秀才なんだって？」

「うん」

源太郎の実母は七歳の時に亡くなっていて、弟の象二郎とは母違いだ。

「源ちゃんはくやしくないの？　弟に先をこされて。源ちゃんは秀才じゃないかもしれないけど、がんばればついていけると思うよ」

ほりほりと源太郎は鼻の脇を指でかいた。図体は大きいが、切れ長の目元、やや大きめのしまった口元といい、源太郎は少年のようなおもざしを残している。聞いているのかいないのか、源太郎は返事もしない。結実は肝がやけてならなかった。

「勉強すれば当代一の医者になれるかもしれないのに」

「……結実は当代一の産婆になりたいのか？」

同じ問いを返されて、結実は答えに詰まった。一人前のとりあげ婆になりたいとは思っているが、当代一の産婆など、結実は望んだことも、考えたこともない。

源太郎はにっと笑って、ぱっと起き上がる。

「……人は人、俺は俺だ。……心配させてすまなかったな」

結実の頭をぽんと手の平で軽くたたき、奥に入っていく。

「何よ、人を子ども扱いして」

結実は口をとがらせた。

産婆に学校はなく、実地で学ぶしかない。お産はひとつとして同じものはなく、何が起きるかもわからない。新たな事態が起きるのは、いつだって突然だ。そのたびに、真砂の手元を見つめ、指示されたことを覚え、ひとつひとつ自分のものにしていくしかない。

同じような状況で、同じ手当てをしたからといって、まったく同じ結果になるとも限らない。こんなときにはこうする、それでだめなら、こんな方法がある、それもうまくいかなければ……ごくたまに真砂が話してくれることもあるが、日々のお産や往診などに追われ、滅多にあることではなかった。

医学所でお産のことが学べるものなら、結実だって通ってみたかった。

結実が産婆を目指したのは、実母の綾が腹の子とともに亡くなったからだ。

その夜、激しい地震が江戸の町を揺るがした。大地がひっくり返るような、これまでに体験したことのない大きな地震だった。

「結実！　起きて」

綾は布団の上で震える結実を抱きしめた。家はぎしぎしと鳴り、ばらばらと瓦が落ちる音が響く。揺れの激しさに床は波打ち、ふたりとも腰が抜け、動けずにいた。

「綾！　結実！　家の中は危ない。山王御旅所《さんのうおたびしょ》に行くぞ！」

大声で叫びながら正徹が入ってきた。正徹は診療所で薬の調合をしていたらしく、身体からぷんと薬草の匂いがした。

寝間着の上に、綿入れをはおらされ、結実は父母と手をつないで外に出て改めて、ことの重大さに気がつかされた。いつもはちりひとつ落ちていない通りに、倒れた板塀やら割れた瓦が散乱し、血走った目をした人が走り回っている。

「旦那様。奥様」

北島町《きたじまちょう》の裏店でひとり暮らしをしている通いの下男・長助《ちょうすけ》が走ってきて、正徹が一方の手に携えていた薬籠《やくろう》を素早く受け取った。

それから四人で先を急いだ。揺れは間断なく繰り返す。途中まで来たとき、日本橋川のはるか遠くの空がぽっと明るくなり、誰かが叫んだ。

「火だ！」

「浅草のほうじゃねえか」

最初はひとつだった炎が、たちまち増えてつながった。炎はどんどん高くなり、やがて生き物のようにうねりはじめた。

結実たちはその場に立ちすくみ、声もなく遠くの炎を見つめた。

「先生、ここでやしたか。怪我人が出ておりやす。見ていただけやせんか」

人をかきわけて駆けてきた岡《おか》っ引《ぴ》きの三平《さんぺい》が正徹にすがりつくようにいい、家の下敷きになった者が大勢苦しんでいると続けた。

「わかった。綾！　結実を頼む。腹の子も」

綾は正徹にうなずいた。

「あなたさまも。……ご無事を祈っております」

「長助、一緒に来てくれ」

「へい」

人の波に逆らうように戻っていく正徹と長助の後ろ姿を見ていた綾はきびすを返すと、ぎゅっと結実の手を握った。

「まいりましょ」

だがそのとき、ぐらっと大きな揺れがきた。大地が跳ね上がり、屋根から瓦が束になって結実めがけて落ちてきた。瞬間、結実は突き飛ばされていた。

「嬢ちゃん、でえじょうぶか」

職人らしき若い衆が抱き起こす。そのとき、結実は綾が血を流して倒れていることに気がついた。綾の頭から、着物の裾から、血だまりが広がっている。綾の身体の上に、まわりに、たくさんの瓦のかけらが散乱している。

「おかあちゃん！　おかあちゃん！」

結実を突き飛ばした綾の身体めがけて何十枚もの瓦が容赦なく降り注いだのだ。頭、額、肩……瓦に打たれ、切られ、血まみれのまま綾は腹を押さえ、歯をかみしめていた。

結実は綾にすがりついた。

「結実、先に……先に行きなさい」

「いやだ。おかあちゃんと一緒じゃなきゃいやだ！」

通りかかった若い衆が綾を背負ってくれ、なんとか山王御旅所までは行った。着の身着のままで逃げてきた人で山王御旅所はごった返していた。

「お産婆さんはいないか！」

「お産婆さん！　いらっしゃいませんか」

若い衆は走り回って、産婆さんを探し回ってくれた。近所の顔見知りも声を張り上げてくれた。だが答える者はいなかった。これだけ人がいても、苦しんでいる綾に手をさしのべられる人はいなかった。

結実ができたのは、手ぬぐいで綾の額の出血をおさえることだけだった。

綾の着物の腰から下は真っ赤に染まっていて、恐いほどだった。

「おかあちゃん、ごめんね。あたしのために……」

「結実のせいじゃないよ……結実が何ともなくてよかった……」

痛みにうめいていた綾の声がだんだん弱くなる。

「元気で生きるのよ……私のかわいい結実……」

綾は結実を見て、ふっと微笑んだ。

「……しっかり……ね……」

閉じた綾の目尻から一筋の涙がつたう。

「おかあちゃん、目を開けて！　結実を見て！」

息はもはや切れ切れだったが、綾はそれからも結実の名をかすれた声で呼び続けた。

いつのまにか北の空全体が赤黒く染まっていた。地上から空に向かって鮮やかな赤の火柱が何本ものびている。火をふいた木材がまるで花火のように空をびゅんびゅんと横切る。

激しい音がして、近くの家がまた崩れた。

そのとき、結実の手を握っていた綾の手から力がすーっと抜けた。

安政二年神無月《かんなづき》二日夜四ツ過ぎに起きたこの地震は、後に安政江戸地震と呼ばれた。深川や浅草、日比谷、大手町、神田神保町《じんぼうちょう》など湿地や低地を埋め立てた地域の被害は甚大だった。六万戸の家屋が倒壊し、引き起こされた火災で吉原《よしわら》や江戸三座の芝居小屋も焼けた。

この日からしばらくの間、結実の記憶はない。結実は母が自分をかばって死んだということを、父の正徹にも言わなかった。言えなかった。

朝になって戻ってきた正徹は結実を抱きしめ、辛かったなと頭をなでてくれた。俺がついていればこんなことにはならなかったと、男泣きをしながら、おっかさまは、結実が生き抜いたことを喜んでいるともいった。父親に抱かれながら、結実は自分には頭をなでてもらう資格なんてないと涙がこぼれた。

母が死んだのは自分のせいだ。

自分に瓦が当たれば良かった。それなら、母は生きていた。腹の子どもも生き残った。母と赤ん坊のふたつの命が、結実のために失われた。

「お産婆さんがいたら、お母ちゃん、助かったかもしんねぇなぁ」

「綾さんのおっかさんはお産婆さんなのに……真砂さんは別の人に呼ばれていたそうだ。さぞかし悔しかっただろうね。お産婆さんさえいたら、真砂さん、あんなに苦しまずにすんだだろうに」

そういったのは、誰だったろう。

生き残ってしまった結実には、何かすがるものが必要だった。

お産婆さんがいたら……いつしかその言葉が結実の胸の中で大きくふくらんでいった。

結実は産婆になろうと思った。

結実は十二歳だった。

第二章　茜雲

一

朝は晴れていたのに、昼前から雲行きが怪しくなった。海賊橋を渡った途端にぴかっと空に稲妻が走った。しばらくして、雷鳴がどんと轟《とどろ》く。あっと思う間に空が暗くなり、大粒の雨が通りにぽたぽたとシミをつけはじめた。皐月《さつき》に入り、雨の日が増えている。じめじめした湿気もうっとうしいが、雨に降られると外回りは辛《つら》い。

結実は、三日前に出産した元大工町《もとだいくちょう》のはまの家からの帰りだった。あいにく傘の持ち合わせがなく、結実は雨に追い立てられるように、足を速め、家に飛び込んだ。

「お帰んなさい。まぁ、濡《ぬ》れちゃって大変。はい、これ」

入り口で着物についた雨粒を手ぬぐいで払っていると、すずが奥から出てきて、すすぎの桶《おけ》をさしだした。

「うわ、ありがとう。足下までびしょびしょ。急に降り出すんだもん」

「ここんとこ、毎日、昼過ぎに降るよね」

「梅雨《つゆ》だからね。傘を持っていきゃよかった」

結実は上がり框《がまち》に腰をかけ、桶の水で足を洗った。

「おはまさん、お乳出てた？」

「うん。心配なさそう。二人目だしね」

「よかった……」

足を拭《ふ》き終わった手ぬぐいを、すずは結実の手からするりと抜き取り、汚れた水の入った桶を持ち、奥に戻っていく。その後ろ姿を見ながら結実はいった。

「おすずちゃんは、いいおかみさんになるね」

「そうかな」

顔だけふりむき、すずはまんざらでもなさそうに肩をすくめる。それからきれいな眉をきゅっと寄せた。

「先生、まだなのよ」

「用心がいい人だから傘を持っていったでしょ」

「それが……」

すずは入り口のたたきの壁にぶら下げられた傘に目をやる。真砂愛用の紫色の唐傘《からかさ》だ。

「あらぁ、珍しい……だったら、どこかで雨宿りしてくるかもね」

雨は半刻《はんとき》(一時間)ほど降り続き、降り始めたときと同じように唐突にあがった。

栄吉《えいきち》が飛び込んできたのは、それからすぐのことだった。

「先生、いるか！　結実ちゃん、真砂先生は？」

肩で息をしている。

「昼過ぎに出たっきり、まだ帰らないの」

栄吉の家の前で、若い娘が突然産気づいているという。

「坂本町の産婆《さんば》さんを呼んでくれと言うんで、走って来たんだ。……門外漢のおいらからみても、もう、待ったなしで腹から赤ん坊が飛び出してきそうだぜ」

結実とすずの顔がこわばった。悠長に真砂を待つわけにはいかない。

「……すぐに行きます」

結実とすずは、風呂敷を手に取った。いつ何時、お産で呼ばれてもいいように、必要な物はすべて風呂敷に包んで用意してある。

「娘さんの名前は？」

栄吉は首をぽんと叩《たた》き、頭をかいた。

「聞くのを忘れちまった。おいらとしたことが……」

下駄をつっかけたふたりの手から、栄吉は風呂敷包みを奪いとる。

「荷物はおいらが」

続けざま、門に向かって叫んだ。

「駕籠《かご》二挺《ちょう》、とっつかめえてこい」

「へいっ」と小気味いい返事が聞こえ、若い男が走って行く。

栄吉は大伝馬町に住む町火消しだ。「芝《しば》で生まれて神田で育ち、今じゃ火消しの纏《まとい》持ち」という端唄《はうた》があるが、栄吉は大伝馬町の生まれ育ちで、今は火消しの花形・纏持ちをつとめる二十三歳のいなせな若者だった。

町火消しは、町奉行の支配下に置かれ、町火消しを統率する頭取、いろは各組を統率する頭、纏持ちと梯子《はしご》持ち、平人（鳶《とび》人足）、土手組（下人足）で構成されている。

栄吉の父・吉次郎《きちじろう》は「は組」の顔役を務めており、栄吉もいずれは、大伝馬町、小《こ》伝馬町《でんまちょう》、人形町《にんぎょうちょう》など日本橋の東北一帯を守る「は組」の頭になる。

栄吉は度胸もあり、気《き》っ風《ぷ》もいい。刺し子ばんてんの装束に身をかため、真っ先に火事場に向かってつっ走る様は、韋駄天《いだてん》そのものだ。男ぶりも上々で、彫りが深い顔を引き締め、天に向かって源氏車《げんじぐるま》二つ引き流しの纏をふりあげる絵姿が読売に載ったときには、栄吉をひと目見たいと、江戸中から若い女が大伝馬町に押しかけた。

だが、よく見ると栄吉の首の後ろとすねの肌は大きくひきつれている。

二年前、取り残された子どもを助けようとして、炎に包まれた家に飛び込んだときにおった大やけどの跡だ。皮膚がめくれるほど焼けただれて一時は命も危ぶまれ、回復するまでの間、大地堂の正徹と源太郎がつきっきりで治療にあたった。

その世話を手伝った縁で、幼なじみのすずをおすずちゃんと呼ぶように、栄吉は結実のこともちゃんづけで呼んでくれる。

「さ、乗って。急いでくれ」

途中で手下が駕籠を二挺引き連れて戻ってくると、栄吉は結実とすずを、駕籠に押し込んだ。誰が産気づいたというのだろう。臨月に入った女は何人もいる。駕籠に揺れながら、どうぞ、月足らずではありませんようにと、結実は祈った。

娘は腹をおさえたまま、地べたに横たわっていた。顔も着物も泥だらけだ。

近所の人がどこからか戸板をはずしてもってきてくれたようだが、襲ってくる痛みのために、娘は戸板に乗ることさえできずにいる。町のおかみさんたちが二重三重に取り囲み、しきりに励ましの声をかけていた。

娘の前髪の赤いかんざしを見て、結実ははっとした。

「おみつさんだ！」

みつは通旅籠町《とおりはたごちょう》の一膳飯屋「おたふく」の一人娘で、酒屋の手代だった平助《へいすけ》と夫婦になり、産み月を迎えていた。

「栄吉さん、取り次ぎをお願い！」

結実が、みつのお産が始まったという真砂宛《あて》の文を家に届け、おたふくにも知らせてほしいと頼むと、すぐさま栄吉の手下が「合点だ」と二方向に走り出した。

それと入れ違いで少し遅れて到着した駕籠から、すずが転がるように降りてきた。

ふたりは、人垣をかきわけ、みつに駆け寄った。

結実がみつの脈をとる。脈が速い。息も荒く、額に汗が光っている。

そっと裾《すそ》に手を入れると、水をまいたようにぐっしょり濡れていた。赤ん坊を包んでいた水が出てしまったのだ。栄吉がいうように、待ったなしだ。

「おみつさん、口ではっはっと息を吐いて。痛みが少し楽になるから」

結実はみつの両肩をつかんだ。みつはうっすら目をあけたが、また痛みが襲ってくると再びぎゅっと目を閉じる。

「真砂先生のところの、すずと結実です」

すずがみつの手を握った。みつの顔に安堵《あんど》の表情が浮かぶ。

「よかった……。真砂先生は……」

「……今、来ますよ。さぁ、家に戻りましょう。戸板に乗せて運びますね」

みつは眉をしかめ、首を横にふる。

「腰をほんの少し浮かせてくれれば、あたしたちが抱き上げますから」

「……無理……」

結実は、みつの両脇の下に腕を差し入れた。すずは腰に手を回す。だが、みつはかたくなに首を振った。

「……やめて、さわらないで……ああ、痛い……」

また陣痛が襲ってきたらしい。陣痛の間隔もかなり短くなっているようだ。

すずがみつに静かに話しかける。

「ここで産んだら、赤ん坊、泥だらけになっちゃうよ。かわいそうだよ」

「おみつさん、がんばろう。もうおっかさんなのよ。赤ん坊のために家に帰ろう」

結実が続けた。みつは、はっと顔をあげて、結実を見た。みつの唇が震えた。涙が目から流れ落ちる。

「おっかさん⁉」

結実がうなずく。

「一、二の三」

次の瞬間、結実の号令で、すずと力をあわせて、みつの身体《からだ》をもちあげ、なんとか戸板にのせた。すかさず栄吉が手下に戸板を運ぶように命じる。

結実とすずはみつを守るように、戸板に寄り添いながら、通旅籠町をめざした。

二

真砂のところに、みつがひとりでやってきたのは今年の正月だった。身体は細く小さく、一方、顔は輪郭も目も口も鼻も丸い。十六歳だというが、章太郎の手習いの友だちと言っても通りそうなほど、おぼこおぼこしていた。

座敷にあがってもなかなか口を開かないみつだったが、やがて消え入りそうな声で、しばらく前から月のものがこなくなったといい、結実とすずを唖然《あぜん》とさせた。

「生まれ月は五月ですよ」

診察後に、真砂が告げると、みつの目からぽろぽろと涙がこぼれはじめた。

酒屋の奉公人で、おたふくに酒を配達にくる平助といい仲になって二年がたつと聞いて、またまた結実はびっくり仰天だった。

こういうとき、女はさめざめと泣くものだ。

けれどみつは、しゃくりあげ、おいおい泣いた。

平助さんはどれだけ驚くだろう。おとっつぁんとおっかさんになんと言おう。

ふしだらな娘だと、おっかさんは泣き、おとっつぁんは怒り出すだろう。

平助さんは娘に手を出した悪いやつになってしまう。

平助さんに別れると言われてしまうかも知れない。

もうどうしていいかわからない……。

頑是無《がんぜな》い子どものようなみつの泣き顔を、結実はあっけにとられて見つめた。

いつもの真砂なら、相手を慰め、親に本当のことを話し、夫婦になることを認めてもらうようにと説得する。だが、このときは違った。

「……小さな、まだ若い身体で、赤ん坊を産むのは命がけですよ。その覚悟はできているんですか」

みつは泣くだけ泣き、とぼとぼと帰って行った。

真砂はみつを見送ると暗い表情で、みつの身体が幼すぎて心配だと口にした。赤ん坊が腹の中で育っても、みつの腰が細く、無事に産道を通って出てこられるか、そのときにならなければわからないという。幼い体での出産は難産になりやすく、母子に死をもたらすことがあった。

だが結実は、何はともあれ、みつの芯の強さにちょっと感心していた。

みつは、親にも友だちにも打ち明けることなく、二年もの間、平助との逢瀬《おうせ》を続けてきた。人を好きになれば、浮かれた気持ちにもなり、いい人ができちゃったとか、あんなことがあったこんなことを言われたとか、人に話したくなるものだ。

だがみつは、誰にも心の内をみせなかった。ふたりの秘密を守り続けた。それは並大抵のことではなかっただろう。

しかし、いったん水があふれると、一気に堰《せき》や川の土手が崩れるように、人の気持ちも収拾がつかなくなることがある。みつがあれほど泣いたのは、急に人にすがりたくなったからではないだろうか。

子どもを産んだほうがいい、あきらめたほうがいい、親に平助とのことを話して結婚を許してもらってはどうだ……そんな真砂の助言を、みつは泣きながら待っていたのではないだろうか。長いこと、泣き止《や》まなかったのはそのせいではないか。

真砂はそうはしてやらなかった。

結実はため息をついた。みつはこれっきり訪ねてこないかもしれない。取り上げ婆《ばば》は他にもいて、堕胎専門の中条流《ちゅうじょうりゅう》の医者とつながっているところもある。中条流の医者は高値な上、堕胎に失敗し子どもができない身体になったというのもよく聞く話だった。命を落とす女も実際、あとを絶たない。水銀を身体に入れ子どもを水にして流すという技を使うとも、結実は聞いている。ぞっとするような荒っぽさだが、そんな危ない手を選ばざるをえない女が少なくないということでもある。

　みつがそんなところに駆け込むのだけはやめてほしいが、結実にはどうすることもできなかった。

　二日後、みつはまたやってきた。後ろに、若い男を従えていた。平助だった。

「どうぞ、おみつと子どもをよろしくおねげえいたしやす」

　平助は座敷にあがると、両手をつき、額を畳にこすりつけた。

　真砂が頭をあげてくれというまで、平助は頭を下げ続けた。

　平助も若い。青年のとば口にたったばかりだと物語る贅肉《ぜいにく》のついていない細身の身体で、頰のあたりにはまだ子どもっぽさが残っている。年は十八だと言った。

　話を切り出したのは、みつだった。

「先生はあたいを取り上げてくれましたよね」

真砂がみつにうなずく。

「おっかさんも身体が小さくて、最初に先生に見てもらったとき、よく考えた方がいいって言われたって。そのとき、おっかさん、お産で死ぬかも知れないって覚悟したって。でも、赤ん坊のあたいも小さくて、なんとか無事に生まれたって」

みつの思い詰めたような顔が少し柔らかくなる。

「あたいを産んだあとに、先生が、『案ずるより産むがやすし、ってこのことだね』って言ったって、おっかさんが教えてくれました」

「じゃあ、おさちさんに話したんですか？」

「はい。……平助さんと一緒に、昨日」

みつと平助が顔を見合わせ、うなずきあう。

「おとっつぁんはかんかんで、平助さんの胸ぐらをつかんで殴りかかったけど……平助さんがされるままになって、歯をくいしばっていたら、ふりあげた手をおろしてくれて……、おっかさんも若すぎる、順番が違うだろって泣き出しちゃったけど……」

みつが目にたまった涙を指でぬぐう。

「しまいに……許していただきやした」

平助がみつの背中をなでながらいった。

だが、酒屋の住み込みの年若の奉公人は家族を持つことなどできない。雀《すずめ》の涙の給金では家族を養いきれない。

「吹けば飛ぶような店だけど……あたしはひとり娘だから、平助さんがおたふくを手伝って、ゆくゆくは継いだらどうだって、おとっつぁんが言ってくれたんです」

結実は平助を見た。今度は平助が手の甲で涙をぬぐった。

平助は銚子《ちょうし》の出身で、ふた親が早く亡くなり、十歳で江戸に奉公に出てきたという。銚子に兄がひとりいるが、江戸に出て以来、一度も帰っていない。次に会える日がいつかもわからない。婿に入ることを平助は一も二もなく承知した。

「家族と呼べる人ができたこともありがてぇ……そしておみつとおいらの子どもが、ここにいる……」

平助はみつのおなかにそっと手をあてる。

「なんとしてでも無事に生ませてやっておくんなせぇ」

ふたりはまた畳に額をすりつけた。

「みんな赤ん坊が大きく育つようにいっぱい食べるけど、おっかさんは腹の中のあたいが大きくなりすぎないようにいつもと同じくらいしか食べなかったって。嵩《かさ》は増やさなかったけど、先生にいわれたように魚や豆腐を毎日食べたって。あたいもそうします」

松の内があけるとふたりの祝言が慌ただしく執り行われ、平助の包丁修業がおたふくで始まった。みつはつわりも軽く、これまでは驚くほど順調だった。

三

戸板で運ばれるみつの付き添いをすずにまかせ、結実は先におたふくに急いだ。

おたふくは二階家で、二階に両親が、一階の店の奥の三畳に若夫婦が住んでいる。

「おみつさんも、今こっちに向かっています。そばにいって元気づけてあげて」

途中で、結実は走ってくる平助とすれ違った。平助の顔は興奮で真っ赤だった。

おたふくでは、父親の松吉《まつきち》が竈《かまど》に釜をかけ、すでに湯を沸《わ》かしていた。母親のさちは襷《たすき》をかけ若夫婦の部屋の畳をきゅっきゅと音をたてて拭いている。

「洗いたての浴衣も用意してもらえますか。おみつさん、泥だらけだから」

さちはうなずき、怒ったような顔で部屋を飛び出していく。

結実は部屋の真ん中の梁《はり》に綱を結びつけた。それから畳に油紙を敷き、積み上げた布団にも油紙をかぶせた。

「真砂先生はおみつと一緒ですか」

戻ってきたさちがたずねる。

「文を言付けたので、すぐ駆けつけてくれると思いますが……」

「えっ、それって……」

さちの顔が不安げにゆがむ。

「あいにく外に出ていまして……」

「じゃ、いつ先生が来るか、わからないってことですか」

「間に合うんじゃないかと……今はおすずさんがおみつさんに付き添っています」

年若の結実たちでは頼りにならないと、さちの顔に書いてあった。

苦しいほどの緊張がのしかかり、結実は拳《こぶし》をきゅっと握った。

「けえったぞ！」

栄吉ががらっと店の戸を開けるや、戸板にのせられたみつが入ってきた。店をつっきり、みつが奥の三畳に運ばれる。

栄吉はふたりの目を見て、明るく続ける。

「おいらは坂本町に引き返す。真砂先生が帰り次第、ここまで引っ張ってくる。それまでがんばれよ」

すずが栄吉に手をあわせる。結実も同じ気持ちだった。

「おみつ、おみつ」

平助は、苦しげに身体をよじるみつの手を握りしめている。

さちにも手伝ってもらいながら、結実たちはみつの顔や身体から泥をぬぐった。何度も湯と手ぬぐいをかえ、きれいにふきあげる。

すずは、みつの髪の汚れを湯で落とし、丹念に櫛《くし》をいれて、苧麻《からむし》という麻をよった紐《ひも》でひとつにまとめた。麻には魔除《まよ》けの力があると信じられている。

布団にもたれかかるようにみつを座らせると、結実とすずは交代で井戸端に行き、改めて爪の間まで洗い直した。

それから手ぬぐいを姉さんかぶりにし、白い上っ張りを羽織り、前掛けをきりっと結ぶ。どれもまっさらな洗い立てだ。

赤ん坊がおりはじめ、裾が広がり始めていた。だがまだ赤ん坊の頭が通るほどではない。これからがお産の本番だ。

これまでにすずと結実だけでお産を手がけたことは一度もない。すべてを取り仕切るのは真砂で、結実たちは言われたことをこなすだけだった。

「先生はまだ？　……まだなの？」

「もうすぐ来ますから」

命の危険も覚悟の出産だというのに頼りの真砂がいないのだから、みつやさちの不安ももっともだった。すずと結実はたびたび店の入り口のほうに目をやるが、真砂が現われる気配はない。

不安に押しつぶされそうで、一時もじっとしていられない。ふたりはみつの腰をさすったり、背中を押さえたり、いつも以上に動いた。

やがてみつの口からしきりにうめき声がもれはじめた。

結実は奥歯をかみしめた。お産は真砂を待ってくれそうにない。そのときは自分とすずだけで赤ん坊を取り上げなくてはならない。

みつは、真砂でさえ最初から心配していた産婦なのだ。産道で赤ん坊が止まってしまったらどうしよう。出血が止まらなくなったら、みつの脈が弱くなったら……。

落ち着け。結実はみつの腰を指でおしながら口の中で自分につぶやき、みつの額の汗を手ぬぐいでぬぐう。

「苦しいよね。痛いときは短く息をはいて、そう。上手上手」

産婆が不安な顔をしたら、みつはもっと不安になってしまう。ことさら明るい声で結実はみつにいった。

お産が進んだといえ、まだいきむには早かった。産道が開いていないのに、苦しいからといきんでしまうと、無理がかかって裾だけでなく産道も痛めてしまう。その傷が大きければ大量の出血を引き起こす。それだけは避けなければならない。

みつは歯を食いしばり、痛みに耐え続けた。

「もう我慢できない……」

みつが声をあげた。裾をのぞき、結実は息をのんだ。赤ん坊の頭が見えていた。

産み時が来たのだ。

「いよいよ！」

みつの身体を後ろから支えていたすずに、結実は声をかける。すずが緊張した面持ちでこくんとうなずいた。外から真砂の声が聞こえたのはそのときだった。

「ごめんなさいよ。遅くなってしまって。井戸をお借りします」

すずが声をあげる。

「先生！　生まれます」

ばたんと戸がしまる音がして、真砂が部屋に入ってきた。

「おみつさん、もうひとがんばりですよ」

こめかみに青い筋を浮かべたみつに、真砂は穏やかに話しかけた。ほっとしたように、みつの目がうるむ。

痛みの波が押し寄せるのにあわせて力むように真砂が促すと、一回目でするりと赤ん坊の頭がでてきた。真砂は結実の手を赤ん坊の頭に導いた。

「おまえが取り上げておやり、笑顔でね。赤ん坊がこの世で最初に見るのは取り上げ婆の顔。笑ってなくちゃ。いっとう優しい顔で迎えてあげなさい」

力強い産声が聞こえたのはそれからすぐだった。

「おみつさん、おめでとう。元気な女の子ですよ」

ほろほろとみつの頬に涙がつたった。

真砂は、すずに臍《へそ》の緒を切るように言った。

十月十日、母と子をつないできた臍の緒は、赤ん坊が生まれた後も、しばらくの間、どくんどくんと脈打ちを続けるが、やがて拍動は弱まり、役目を終える。臍の緒を切るのはそのときだ。血が散らないように、臍の緒をつぶすようにして刃を入れる。

「今よ」

「はいっ！」

ほとんど血を流すことなしに、臍の緒が切れた。真砂がすずにうなずく。

「上等！」

すずは頬を上気させ、微笑《ほほえ》んだ。すずが臍の緒を切るのもはじめてだった。

産湯をつかわせるために、結実が赤ん坊を抱いて、部屋の外に出ると、みながいっせいに取り囲み、赤ん坊の顔をのぞきこんだ。

「あたしにやらせてくれませんか」

母親のさちがいった。結実から赤ん坊を受け取ったさちは、赤ん坊を見て微笑む。

「待ってたよ。よく生まれてきてくれたね。ほんとにいい子だ」

涙で顔をぐしゃぐしゃにしながら、さちはたらいで湯を使わせた。みつの父・松吉も腕で目をぬぐっている。平助の鼻の頭も興奮で赤くなっている。

赤ん坊は小さかったが、鼻の上に白い点が浮かんでいた。

「この白いぷつぷつはおっかさんのお腹の中で立派に成長した証拠ですよ」

結実は嬉《うれ》しくて、そう伝えずにいられなかった。

間もなくみつの後産《あとざん》が始まった。赤ん坊が生まれれば、お腹の中で赤ん坊を育てていたものが不要になる。それを出すのが後産だ。

後産が終わると、結実とすずは部屋をお産前の状態に戻し、布団を敷き直し、横になったみつに湯浴《ゆあ》みしたばかりの赤ん坊を抱かせた。

みつは、じいっと赤ん坊を見つめた。

「かわいい……ちいちゃくてきれいな赤ちゃん……」

ほろりと涙を流し、みつは微笑んだ。内側から発光しているような笑顔だ。おぼこおぼこした表情は消え、みつがすっかり母親の顔になっていることに、結実は驚いた。赤ん坊を守っていくのは自分だというような静かな決意が、その表情に感じられる。

声をかけるとすぐさま平助と両親がみつと赤ん坊の枕元に勢揃《せいぞろ》いした。

「でかした！　おみつ！」

平助はみつの手を握った。みつはゆっくりうなずく。

「女の子だったけど……」

「どっちだっていいさ。おいらたちの子だ」

平助がおいおい泣き出した。

「ありがてぇなぁ。おいらがおとっつぁんなんて。おみつ、おまえのおかげだ」

「おさち、見てみろ。このちっちゃな手、細い指、爪……おみつが子を産むなんてなぁ。俺たちに孫ができるなんてなぁ」

平助の隣で松吉がぐすぐす、洟《はな》をすする。

「まったくうちの男ときたら、泣き虫ばかり」

そういったさちも目元を指でおさえている。

外に出ると、町は夕陽《ゆうひ》に照らされ、赤く染まっていた。

はじめて赤ん坊をとりあげた結実は、胸がいっぱいだった。

真砂のいない中で、すずと二人でお産を取り仕切らざるをえないと覚悟したとき、改めて、命を預かる重みを感じた。今日、手に感じた赤ん坊の重みは忘れない。

赤ん坊がこの世で最初に見るのは取り上げ婆の顔だといった真砂の声が、今も心の中で響いている。

「おたけさんとばったり会って、雨がやむまで寄っていってといわれて、赤ん坊がかわいくて、つい長居をしてしまって……悪かったね」

道すがら、真砂はいった。

「おみつさんもがんばったけど、おまえたちふたりもがんばりました。おみつさんのお産が始まっていると栄吉さんから聞いたときには、どうなることかと思ったけれど、出血も少なく、おみつさんも赤ん坊も無事で……本当によかった」

そこで真砂は足を止めた。

「そうだ。栄吉さんに、無事に女の子が生まれたと伝えにいってくれないかい？　栄吉さん、駕籠まで用意して私を待ち構えてくれて。……おさちさん、改めて栄吉さんにお礼にいくといってましたけど、今日はそれどころじゃないでしょうし。どうなったかと気をもんでいたら、お気の毒だから」

きゅんと、結実の胸が跳ね上がった。

後片付けがあるからとすずは真砂と先に帰り、結実ひとりで栄吉を訪ねた。

「無事に女の子が。そりゃ、よかった。真砂さんなしで、どうなるかと思ったが、結実ちゃんとおすずちゃんが案外手際よく動いてて……おいら、たまげたぜ」

「案外はよけいです」

結実は栄吉にぷっと頰をふくらませると、栄吉は目尻にしわをよせて笑った。

「わざわざ寄ってくれて、すまなかったな。くたくただろ」

ううんと首をふりながら、結実は栄吉のそばにいる幸せを感じた。

「栄吉さんが急いで走って知らせにきてくれて、その上、先生を駕籠で連れてきてくれて。本当に助かりました。栄吉さんがいなかったら、あたしたちふたりで取り上げなくちゃならないところだったもの。今日の立役者は、栄吉さんです」

栄吉は照れたように頭をかくと、これから桶町千葉《おけちょうちば》まで行くので、結実を送ってい

く と立ち上がった。結実の胸が再び高鳴った。栄吉と町を一緒に歩けるなんて、滅多にあることではない。

桶町千葉は、千葉道場玄武館《げんぶかん》を構える千葉周作《しゅうさく》の弟・定吉《さだきち》が開いた分室道場だ。上級武士は玄武館の所属、下級武士は桶町千葉と分けられており、父・正徹の兄で、結実の伯父にあたる山村穣之進《じょうのしん》も桶町千葉に師範のひとりとして出入りしている。

定吉は鳥取《とっとり》藩の剣術師範として召し抱えられるほどの剣士であり、人物も高く評価されていた。定吉が鳥取藩につめるようになってからは、長男の重太郎《じゅうたろう》が道場を率いている。

「栄吉さん、剣もたいしたものなんですってね。いい筋をなさっていると、伯父がほめてました」

「おいらなんかまだまだ。穣之進先生はすごいよ。あの突きは誰にもまねできねえ」

父・正徹の実家である山村家は代々、馬喰町《ばくろちょう》で公事宿《くじやど》を営んできた。

公事宿は訴訟や裁判のために地方から江戸に出てきた人を宿泊させる宿屋で、宿の主《あるじ》は訴訟人の依頼をうけて訴訟の書類の書き方を教えることから、手続きの代行、ときには訴訟の弁護などの訴訟行為を補佐することが公認されている。

穣之進は数年前から、本職は長男と番頭にまかせ、桶町千葉に入り浸っている。

栄吉は、十二歳から道場に通い始めたという。

「ぺるりの黒船が来た年からだ」

ペリーが浦賀《うらが》に来て、江戸の町が大騒ぎになったのは、結実が十歳のときのことだ。煙を吐く黒船は見上げるほど大きく、赤毛の大男たちが大勢乗っているという話がまたたくまに広がり、物見高い江戸っ子たちは次々に黒船見物に出かけて行った。浦賀の海は黒船見物の小舟で埋まり、ついには黒船に近づかないようにと公儀がふれをだしたほどだった。だが刻がたつにつれ、「泰平の眠りを覚ます上喜撰《じょうきせん》　たった四はいで夜も寝られず」という狂歌が流行《はや》るほど、公儀の混乱は深まっていく。太平の世には武芸は不要とかつては剣をとろうとしない武士も多かったが、以来、幕臣とその子弟を対象とした武芸訓練機関・講武所《こうぶしょ》が設立され、剣術を学ぶ町人も増えている。

北辰一刀流《ほくしんいっとうりゅう》の玄武館は、鏡新明智流《きょうしんめいちりゅう》の士学館《しがくかん》、神道無念流《しんとうむねんりゅう》の練兵館《れんぺいかん》とともに江戸三大道場といわれ、その筆頭とされていた。一門に属するものは三千人をくだらない。

「免許皆伝も近いとか」

「いやいや……」

「栄吉さんは、免許皆伝をいただいたら、どうするの？」

「……どうもしやしねえよ」

「…そうよね。栄吉さんは、じゃんと鐘が鳴りゃあ、それよと命がけで飛び出す町火消しですもの。持つのは纏でなくっちゃ！」

栄吉は困ったような顔をして結実を見た。

実際、北辰一刀流で免許皆伝になるのはたいしたことで、京洛《きょうらく》に行き名を上げた人もいると、伯父の穣之進はいっていた。十代半ばで北辰一刀流目録を取得した藤堂平助《とうどうへいすけ》、やはり千葉道場玄武館で修業した山南敬助《やまなみけいすけ》は、京都守護職を務める会津藩預かりの新撰組《しんせんぐみ》とやらの重要な役職についているという。

でも世の中がどんなに変わろうが、江戸から火事はなくならず、火消しは町の守り主に変わりない。

「結実ちゃん、龍馬《りょうま》さんを知ってるだろ」

「龍馬さんって、土佐《とさ》藩を脱藩して道場に居候《いそうろう》していた人？　おじさんがうちにも何度か連れていらしたことがあったけど……ちょっと変わった、おもしろい人よね。章太郎が生まれた年だったかな、一緒に蓬《よもぎ》摘みにいったことがあるの」

結実はくすっと思い出し笑いをした。結実が産婆の修業を始めた年のことだった。

「蓬摘み？」

「土手堤を子どもみたいに飛び回って、帰りは蓬でいっぱいの背負い籠をかついでくれて鼻歌を歌って……お武家様なのに。頭はぼさぼさだし、袴《はかま》はよれよれだし」

栄吉がくすくす笑った。

「そういう人だよな。おいらは出初《でぞ》め式を一緒に見たんだ。はしご乗りが決まるたび、大騒ぎして、手をうって……変わった大人もいるもんだと、目が丸くなったぜ」

今度は結実が笑う番だった。

「あの人がどうかしたの？」

「勝《かつ》先生が軍艦奉行になられて、このたび神戸《こうべ》海軍操練所ってもんが発足したんだと。その神戸海軍操練所に龍馬さんがいるって、重太郎先生に文がきた」

神戸は京・大坂のまたその西の、瀬戸内《せとうち》に面した土地だと、栄吉が続ける。

「勝先生って、勝海舟《かいしゅう》って方でしょ。へぇ～。龍馬さん、あの人と？」

穣之進伯父の受け売りだが、勝海舟は、貧乏侍の代名詞の役職なし小普請組《こぶしんぐみ》から、己の才覚だけで、軍艦奉行まで出世した傑物だという話だ。

「龍馬さん、走り回ってるんだ。京や長州などにも行ったそうだ」

「神出鬼没ね。そういえば江戸にいたときも、龍馬さん、じっとしてなかったでしょ。毎日、出歩いて人に会っているって、おじさんが驚いていたもの。今度は操練所というくらいだから、船の操り方を訓練していらっしゃるのかしら」

「海図の読み方とかも学んでるらしいぜ。それが読めれば、どこにでも船をくり出すこともできるんだそうだ」

「……壮大な話ねぇ。とにもかくにも、偉くなられて、よかったね」

いつのまにか綿菓子のような茜雲《あかねぐも》が空に浮かんでいた。

「結実ちゃんの仕事はいいよな。嬉しい仕事だ」

「そうね。……無事に赤ん坊が生まれると心底、ほっとする」

「がんばって修業しな」

「うん。栄吉さんもがんばってね、火事から江戸を守ってもらわなくちゃ」

「おいらががんばらなくてすむほうが世の中、穏やかなんだけどな」

顔をあわせて笑った。家がもっと遠かったらよかったのにと、結実は思った。

四

みつの子は、ひでと名付けられた。みつとひでの往診は、取り上げた結実にまかされたため、毎日、結実はおたふくに通った。

「蒟蒻《こんにゃく》と厚揚げ、食べるか？」

みつの父親の松吉は、結実が顔を見せると、必ず店の総菜を出してくれる。それがどれも美味《おい》しくて、おたふくに行く結実の秘《ひそ》かな楽しみにもなっている。

みつは当初、乳の出が悪かった。乳首も扁平《へんぺい》で、ひでがなかなか吸い付くことができなかった。けれど結実が、湯で絞った手ぬぐいで乳をあたため、乳をもみ、毎回、乳首と乳輪を丁寧につまむと、そのかいあって、だんだんに乳の出が良くなり、ひでも上手に吸い付けるようになった。

「あふ！」

できたての蒟蒻の煮物は、口の中がやけどしそうなほど芯まで熱い。醬油《しょうゆ》で茶色に染まった蒟蒻は見た目ほど塩辛くなく、ほんのり、するめの匂いと出汁《だし》がしみこんでいる。三角に切られた厚揚げは豆の匂いがして、こくがあった。

「すごく美味しい」

仕込みをしている松吉がにこっと笑った。

「赤ん坊ってのはいい匂いがするもんだね。抱いて、匂いをかいでるだけで、いい心持ちになるってもんだ」

そうつぶやいた松吉をさちは横目でちらりと見ながら、結実の前に湯飲みを置く。

「孫ができたら人が変わっちゃって。……女の子にはきれいなものを見せろ、きれいなものを着せろ。そうすれば心根も姿形もきれいな娘になるって。……一体どこから聞いてきたのやら、いっぱしなことを口にするようになっちまったんですよ。自分の子どものときは、泣こうが熱をだそうが、あたしにまかせっきりだったのにね」

結実がさちの耳元でささやく。

「……もしかして、松吉さん、じじばか？」

「そのもの！」

さちがぷっと吹き出した。

そのとき奥から赤ん坊の泣き声が聞こえた。

「おやっさん、仕込みが終わりました。半刻ほど、いいっすか」

土間で立ち働いていた平助がいう。

松吉が「ああ」とうなずくと、平助は前掛けで手をふきながら竈の前から出てきて、奥の部屋に入っていく。

平助はすぐに、赤ん坊を抱いて戻ってきた。小布団でくるんだ赤ん坊を静かにゆらしながらあやしている。

赤ん坊はぐずるのをやめ、やがて眠り始めた。

「平助にも、たまげたのなんのって。赤ん坊のおむつを替えるわ、夜泣きすればぱっと起きて寝付くまでだきあげてくれるわ、時を作ってはこうして面倒をみてくれるわ……その上、産衣《うぶぎ》はもちろん、赤ん坊のおむつやおみつのお腰まで、朝っぱらからせっせと洗濯して。……こんな亭主が世の中にいるなんてねぇ」

みつはおっぱいをやって、寝ていればいいだけのお大尽だと、さちは笑った。

「いい人をつかまえたと、おみつをほめてるんですよ。うちの亭主とは大違い」

聞こえているのかいないのか、松吉が平助の隣に座り、赤ん坊の顔を見つめている。

「鼻筋が通っているところは俺に似てるんじゃないか。目元はちっとばかし、平助、おめえに似てるな」

「毎日、何度もあんなこと、言ってるの」

さちは小さな声でいって、またくすっと笑う。

「ぷくっとした頰のあたりは、おさち、おめえに似てるぞ」

「あたしに似てるって⁉　どれどれ」

さちもかけていき、赤ん坊の顔をのぞきこむ。客が入ってくるまで、この情景が続くのだろう。結実はほっこりした気持ちで、おたふくを後にした。

結実は仕事柄、数知れないほど多くの夫婦と家族を見てきた。

仲のいい夫婦がいれば、そうでないものもいる。女中がなんでもやってくれる裕福な家があれば、産衣を用意するのすらやっとの家もある。きつい姑《しゅうとめ》もいれば、嫁のほうが強い場合もある。

けれど、平助のように、誰に強いられたわけではないのに、おむつ替えから洗濯まで率先してやる亭主は他にみたことがない。炊事洗濯掃除と子育ては女の仕事、手を出すなんて男の沽券《こけん》に関わるという亭主がほとんどだからだ。女房は女房で、台所は女の城だとか、家事は女の仕事だと胸をはる者も多い。

相手のためにできることをやるというのは、できそうでなかなかできることではない。けれど、平助は気負うことなくやり続けている。

江戸橋を渡り、青物町《あおものちょう》に入ると、結実は西河岸町のほうに目をやった。八百菜のふくはどうしているだろうと思った。

ふくの亭主・鶴の助は、あのとき鰻《うなぎ》を買って帰ると言ってくれた。

けれど、数日後に往診にいった真砂は、ふくの体調はあいかわらずで、まったくよくなっていないと厳しい表情でいった。京に言葉を尽くしてふくの世話を頼んだが、気のない返事をするだけで、埒《らち》が明かないと真砂もため息をついた。

鶴の助は夫婦になるときに、母親の京に啖呵《たんか》を切ったと聞いているが、実際は母親に頭があがらず、意見することさえできないのだろうか。

赤ん坊のさとのことも気になった。あのままでは、とても育ちそうにない。

「無事に生まれてきた赤ん坊なのに……」

結実は空を見上げた。

強い風に、茜雲が走っていた。

第三章

卵ふわふわ

一

新月と満月の日は、お産が多いといわれる。潮の満ち引きが大きくなるので、嘘《うそ》かまことか、人の身体《からだ》もその影響を受けると信じられている。

「いい天気だな。久しぶりに晴れたぜ」

朝、井戸端でくみたての水を柄杓《ひしゃく》で飲んでいた結実に源太郎がいった。眠り足りた顔で、う～んと伸びをする源太郎を、結実は恨めしそうに見た。

源太郎はよく晴れた空を見上げる。雲ひとつない青天だ。

「昨日の満月、きれいだったな」

結実の返事を待たずに、源太郎は続ける。

「結実、知ってるか。満月の晩に産卵する海亀がいるそうだぜ」

「海亀？　竜宮城《りゅうぐうじょう》に浦島太郎《うらしまたろう》を乗せていった？」

正直、まぶたが今にもおりてきそうな結実にとって、海亀のことなどどうでもよい。

「ま、そんなところだ。何百何千という海亀が浜に次々にあがってきて、砂を掘り、涙を流しながら卵を一個、また一個、産むんだと」

昨日読んだ本に書いてあったと、源太郎は機嫌良く話す。

「そんな光景、一度見てみてぇよな。空と海を煌々《こうこう》と照らす満月、どこまでも続く砂浜。月の光を映す海からぞくぞくとあがってくる海亀……」

源太郎はからからとつるべを回し、ばしゃばしゃと威勢良く顔を洗った。しぶきがかからないように、結実はわっと飛び退《の》く。

「それ、どこの話？」

「南紀《なんき》白浜《しらはま》だったかな？」

「ほんとの話？」

ぎらぎらのお天道様の元、真夜中の海辺の光景に思いをはせている源太郎という男を、結実は改めて不思議なものを見るような目で見た。

「……何、疑ってんの？」

「疑ってなんかいないけど」

そういって、結実は首を左右に動かした。こりこりと音がする。首をぐるりとまわすと、ごりごりっと重い音がした。どこもかしこも、凝りまくっている。

「疲れた顔してんな。目の周り、くまになってるぜ。忙しかったのか」

源太郎が結実の顔をおもむろにのぞきこんだ。ようやく気づいてくれたらしい。

「寝てないの。三件もお産が重なっちゃって、最後のお産は今まで……」

「そりゃ、大変だったな」

昨日の昼前に産気づいたのは、すぐ近くに住む同心の妻だった。初産のため、陣痛の間隔が狭まらず、夕方を迎えても、お産まで進まない。すると、同じ町内の与力の家から、嫁のお産が始まりそうだと迎えが来た。そちらは三度目の出産のため、お産の進みが早いと思われた。そこで同心の家にはすずを残し、真砂と結実は与力の家に走った。

侍の家では、とにもかくにも跡継ぎである男子が望まれる。

与力の妻がこれまでに産んだのは娘ふたり。懐妊がわかるや今回はぜがひにも男子を産まなければと、神社への参拝を皮切りに、「ももんじ屋」から山鯨《やまくじら》（いのしし肉）を取り寄せるなど、願という願を掛け続けた。臨月に近くなってからは、やれ、顔がきつくなったから男だ、腹が前にとがってきたから男だなど、本人はもちろん姑《しゅうとめ》たちの気合いの入り方は傍《はた》からみたら滑稽なほどだった。

お産が始まってからも、与力の妻は、「今回も女だったら申し訳がたたない」「どうぞどうぞ男が生まれてきますように」と、呪文のように繰り返す始末で、無事に男の子が生まれたときには、結実まで心底ほっとした。

待望の男子誕生だと、下働きの女たちまで歓呼する中、後産《あとざん》をすませ、挨拶もそこそこに、真砂と結実は同心の家に取って返した。それから二刻《ふたとき》（四時間）あまりしてようやく子どもが生まれた。こちらは初産にして男子誕生で、まだ後産も終わっていないのに、「でかした」と叫びながら旦那が産室に乱入してくる始末だった。

家に戻ったころには夜九ツ（十二時）を過ぎていた。布団にもぐりこみ、やれやれこれで眠れると目をつぶろうとしたとき、入り口の戸を叩《たた》く音がした。

身体が泥のように重かったが、しぶしぶ布団から出て扉を開けると、小僧が提灯《ちょうちん》を持ち、立っていた。後ろには駕籠《かご》が一挺《ちょう》控えている。

「本小田原町の釣具屋・銚子屋のものでございやす。おかみさんのお産が始まりやした。夜分おそれいりやすが、おいで願いやす」

結実の顔に緊張が走った。

「おきみさん……ですね」

「へい」

「今、すぐ行きます」

ふりむくと、真砂が上がり框《がまち》に仁王立ちで立っていた。隣にすずが寄り添っている。ふたりの表情も固く険《けわ》しかった。

真砂は急いで着替えると、下駄をつっかけた。結実とすずに、荷物を持って追ってくるよう早口でいい、駕籠に乗る。結実はすずとともに、お産用の道具を入れた風呂敷を背負い、小僧が照らす提灯を頼りに町を駆けた。

きみの腹の子は逆子《さかご》だった。真砂は臨月になる前に逆子を直そうと試みたが、何度やってもうまくいかなかった。

逆子のお産は命の危険と隣り合わせである。

逆子の赤ん坊は頭ではなく足から出てくる。足は様々な角度に動くため、つま先や膝などが産道を押したり引っかかったりしやすい。途中でつっかえることもあり、産道が傷つくこともある。破水も早くなる。

自然、時間もかかる。産道で赤ん坊が圧迫される時間も長くなり、腕や肩の骨が折れたり、手指に麻痺《まひ》が残ったりもした。頭が長時間しめつけられれば、さらに深刻な事態も起こりうる。

洗い髪を麻紐《あさひも》で一つに縛り、きみは苦しさに耐えていた。二十三歳のきみにとって、今回が二度目の妊娠だった。三歳年上の徳之助《とくのすけ》と夫婦になってから五年がたっている。

きみは銚子屋と通りをふたつ隔てた小さな下駄屋の娘で、気立てがよく働き者なのをみこまれて、嫁に迎え入れられた。

すぐにも跡継ぎをと望まれたが、なかなか子宝に恵まれなかった。当初はおきみ、おきみとかわいがってくれた舅姑《しゅうと》も、「嫁して三年、子なきは去る」とばかり、白い目を向けるようになった。

そんな中、舅が卒中で倒れ、あっけなくこの世を去り、二年前から店は徳之助にまかされた。だが徳之助は商いに精をだすどころか、目の上のたんこぶが外れたとばかり、盛大に遊びはじめた。遊びは女でもなく、酒でも博打《ばくち》でもない。釣りだった。朝も暗いうちに家を出て、佃島《つくだじま》やらまで舟をだし、帰ってくるのは夕暮れだ。釣果《ちょうか》があればご機嫌この上なく、大物の魚拓《ぎょたく》を店に飾り、悦にいる。商いは、番頭と姑ときみにまかされた。徳之助の釣り道楽を、姑は嫁のきみのせいだと責めるようになった。おまえと一緒になるまでは、徳之助はまじめ一本の男だったのに、と。

それから一年、きみはやっと身篭《みごも》ったのだが、喜びもつかの間、子は流れてしまった。このときのきみの落胆といったらなかった。

それに拍車をかけたのが、徳之助の姉妹のあいつぐ出産だ。近所の商売人に嫁いでいて、何不自由ない暮らしを送っている義姉妹が子どもを連れて遊びに来るたびに、きみは自分に子どもがいないことを思い知らされた。

子どもの笑い声、それを見守る姑と小姑《こじゅうとめ》の幸せそうな顔……姑と小姑がもらす「うちにも早く生まれれば安心できるんだけど」「いつになるやら」「授かりにくいのかもねぇ」といった刺《とげ》ある言葉にも、きみは耐えなくてはならなかった。

きみが辛《つら》い思いを打ち明けられる相手は、産婆《さんば》の真砂だった。子どもを流してしまった自分は女として不甲斐《ふがい》ないと唇を噛み、子どもを抱く女たちの笑顔を見ると、嫉妬で胸がはりさけそうになると泣いた。

だから、きみの具合が悪く寝込んでいると聞いたとき、結実はてっきり、心労が原因だと思った。それがつわりのためだとわかったとき、きみの青い顔は日が差したように輝いた。

真砂たちが到着して一刻後、赤ん坊がおりてきた。見えたのは足だった。真砂は赤ん坊の足を八の字にし、まわすようにして腕まで出し、早くも紫色に染まった胴体を布でくるんだ。けれど、頭が出てこない。これ以上、刻をかければ赤ん坊が死んでしまうかもしれないと結実が思いはじめたとき、真砂が低い声でいった。

「結実、臍《へそ》の下を押して」

結実は腹に両手をあてて、おそるおそる力をいれる。

「もっと強く。おきみさん、あとひとぶんばりだよ！　……ひぃ、ふぅ、みぃ――」

その拍子にあわせて、子どもの顎《あご》にかけた手を真砂はひいた。

「あ～～～っ」

きみの口からうめき声がもれると同時に、赤ん坊の頭がでた。

「生まれた……」

結実は思わずつぶやき、その子を見つめた。

生まれた子は両手で拳《こぶし》を握り、大きな声で泣くものだが、声が聞こえない。福禄寿《ふくろくじゅ》のように頭が細長く伸びた赤ん坊は、だらりと両腕をたらしたまま動かない。

「結実、おすず！　赤ん坊を！」

真砂の声にはじかれたように、結実とすずは赤ん坊を温めた手ぬぐいでくるみ、背中を下から上に向けてさすった。

泣いて。息を吸って。そう願いながら、結実は赤ん坊をさする手に力をこめる。

「赤ん坊は？　泣き声が聞こえない……」

力綱を握ったまま、きみが放心したようにつぶやく。不安と恐怖で声が震えていた。

結実は唇を噛んだ。

せっかくこの世に出てきたのに。母親同様、子どもだって苦しさを耐えてがんばってておりてきたのに。泣き声ひとつあげずに、そのままなんて悲しすぎる。

赤ん坊のかかとと背中をたたきながら結実は一心に話しかけた。

「やっと生まれてきたのよ。生きるんでしょう。息をして！　目を覚まして！」

赤ん坊がかすかにまぶたを震わせたような気がした。

「動いてる！　がんばれ！」

すずが今一度両手の平で背中をさすった。

んぎゃあ～と赤ん坊が大きく口をあけて泣いたのはそのすぐあとだった。

「みな無事に生まれたのか」

源太郎が言った。

「わかる？」

「顔にちゃんと書いてあらぁ」

そのとき診療所から、正徹の怒鳴り声が聞こえた。

「源太郎！　来てくれ！」

絹が診療所から走ってくる。血相が変わっていた。

「源太郎さん、怪我人《けがにん》が三人も」

源太郎は手を洗い直し診療所にすっ飛んでいく。

「斬り合いがあったみたい……」

絹は縁台にすとんと腰をおろした。結実は診療所のほうに目をやりながらつぶやく。

「こんな朝っぱらから斬り合いって……怪我の具合はひどいの？」

「ふたりはさほど深くなさそうだけど、ひとりは……」

世の中がますます物騒になったようだと、絹はいった。江戸にも不逞《ふてい》浪人が増え、治安が悪くなっている。

二

結実たちは雨戸を閉めきったまま、くたくたと昼前まで眠った。

診療所ではまだ、浪人たちの治療が続いているようだった。

結実の実家で本宅と呼ぶ正徹の家は、入り口を入るとすぐに広さ四畳の板張りの上がり框があり、患者たちの待合室になっている。上がり框の左側は、もともとは畳廊下だったところで、そこが主たる診察室だ。畳廊下は庭に面しているので、明るく、風が抜ける。ここで軽傷のものや風邪、目病みなどを診察する。

その奥のつきあたりは正徹の書斎の六畳間だ。壁際には医学本が並ぶ書棚や薬箪笥《くすりだんす》が置かれているが、手厚い看護が必要な患者をここに収容することもあった。

書斎の左側は、広い土間になっていて、床全面にすのこが敷かれ、寝台がふたつ置かれている。湯を沸かすかまどや流しも備えられていて、出血した者の手当や手術などはここで行っていた。庭に出られる勝手口もあり、井戸とも近い。

家族が食事をとるのは、書斎の右手にある居間だった。

書斎には重傷を負った浪人が寝かされているらしく、ふすま一枚隔てて絶えずうめき声が聞こえてくる。そのせいで食欲がなくなったのか、弟の章太郎は昼食のうどんを半分できりあげると、「ごちそうさま」と席を立ってしまった。

結実たちは黙々とうどんをかきこんだ。人が隣で苦しんでいると思うと、結実だって食欲が失《う》せるが、いつ何時、お産があるかわからず、食べられるときに腹ごしらえをしておかなければ、仕事にならない。

真砂の家に戻り、往診の用意をはじめたときに、来客があった。

「娘と孫は元気にしているんでしょうか。いつ訪ねて行っても、会わせてもらえないものですから……」

本石町二丁目の米問屋「白澤屋」のおかみ、りつだった。

りつは八百菜に嫁いだふくの実母である。恰幅《かっぷく》がよく、豊かな髪を一筋の乱れもなく丸髷《まるまげ》にまとめている。上等な紬《つむぎ》の渋い柄が華やかな顔立ちをひきたてていた。

結実たちがりつと会うのは、ふくがお産をした日以来だった。

りつは、縮緬《ちりめん》の風呂敷から土産《みやげ》の落雁《らくがん》の詰め合わせを差し出し、ぽつぽつと話し始めた。りつがふくと孫のさとの顔を見たのは、お産のとき、お産の祝いを持って行ったとき、そして赤ん坊の命名に祝いを届けたときと、その三回だけだという。

「その折りもふくは青白い顔をして、元気がないようで……」

産後の肥立ちが悪いのではないかと心配が募《つの》り、何度か訪ねて行ったが、それっきりふくとさとに会わせてもらえないと、暗い表情でつぶやいた。

「寝ているのでお引き取り下さいと、お京さんにいわれるばかりで……」

わざわざ訪ねて行った実家の母親に、娘を会わせないというのはただ事ではない。

最後に真砂が訪ねていってから十日あまりがたっていた。そのときも母子ともに、いい状態ではなかった。真砂は言葉を選びつつ、ふくとさとの様子を伝えた。

りつは膝を握りしめ、じっと耳を傾けている。やがて、真砂に、これから一緒に八百菜に行ってくれないかと頼んだ。

「お産婆さんと一緒なら、ふくと会わせないわけにはいかないでしょうし」

それからりつは、つい最近、いやな噂《うわさ》を耳にしたとためらいつつ続けた。

「鶴の助さんに、妾《めかけ》ができて、その女が男子を産んだそうで……」

結実とすずは顔を見合わせた。初耳だった。

鶴の助とふくは、お嬢様育ちのふくを嫌う母親の京と、格下の家に娘を嫁にやりたくないという白澤屋のりつに頭をさげ、夫婦になった。

だが一緒になって、夫婦の相性が悪いことがはじめてわかることもある。姑と嫁がぎくしゃくしていることにいやけがさした夫が、他の女に入れあげ、孕《はら》ませ、囲うというのも、気の毒ではあるが世間ではよくある話だ。

「結実、おりつさんと一緒に八百菜に行っておくれ」

真砂はこれから昨晩お産をした三軒の家をまわらなくてはならなかった。

「わかりました」

八百菜の大女将《おおおかみ》の京の仏頂面を思い出すと憂鬱になったが、結実もまたふくとさとのことが気がかりだった。

結実は、りつの乗る駕籠の脇を女中と並んで歩き、西河岸町の八百菜に向かった。

「あら、どうなすったんですか。お産婆見習いと一緒にお見えになるなんて」

奥の入り口で、京はりつを冷たくみつめた。相変わらず、ちりひとつなく磨き上げられている。

京は頭ごなしに続ける。

「真砂さんならいざ知らず、子どもを産んだことのないお産婆になんぞ見てもらいたくないと、先に言ったはずです。あ、それからおりつさん、今、うちは立て込んでおりますので、誠に申し訳ありませんが出直して下さいませ」

「ひと目でいいので、おふくに会わせていただきたいんです。いつ訪ねても、寝ているとか、立て込んでいるとか。寝顔だけでもいいんです。会わせて下さいまし」

りつが言い返す。京はふんと鼻をならした。

「迷惑なんですよ。うちはお宅とは違い、家のものが率先して働かなければ食べていけないんです……まあ、嫁は何様なのか、ずっと寝ておりますが」

「ずっと寝ているって……具合が悪いのならなおさら、会わせていただかないと。辛い思いはさせないと、祝言前に、鶴の助さんが約束なさいましたよね」

「私はそんなこと、聞いておりませんが」

そのとき、鶴の助が外から入り口に入ってきた。ぱりっとした紬の着物と対の羽織を着てめかしこんでいる。鶴の助は、りつと京がにらみあっているのに気づき、ばつが悪そうな表情をした。

「これは、わざわざ……」

とりあえず、頭を下げた鶴の助を、りつは強い目で見た。

「鶴の助さん、今日という今日はおふくに会わせていただきますよ」

「へえ。……どうぞ……お上がり下さい」

あきらめたように鶴の助は言った。

鶴の助は、部屋の前でむすっと明後日《あさって》の方を向いて立っている京をさておき、結実とりつを中に招き入れた。ふくは前と同じ部屋に横になっていた。

薄暗く、風通しも悪く、空気がむっとこもっている。

「おふく！　こんなところに……」

二回りも小さくなった娘を見て、りつは言葉を失った。だがすぐに駆け寄って、ふくの手を握る。

「おっかさま？」

いぶかしげにふくの目が泳ぐ。顎がさらにとがって、頬に縦の線ができていた。

ふえふえと力なく泣きだしたさとを結実は抱き上げた。ふくの手が、さとの寝ているところをまさぐる。

「おふくさん、おさとちゃんは、私が抱っこしてますよ」

結実が声をかける。さとも背中がごつごつするほどやせていた。

「結実さんも一緒なの⁉」

りつがぎょっと目をむいた。

「おふく、おまえ、目が……見えてないのかい」

「ここは暗いから……」

かすれた声でふくはいった。暗いとはいえ、人の顔もわからないような闇ではない。

「こんなにやせて……」

ふくの骨張った手をさするりつの唇がふるえた。ふくの目に涙があふれた。りつはきっと結実をみた。

「滋養のあるものを食べ、薬をのめば、よくなると思うんですが」

「おさともこんなにやせて……」

やがてりつはふくの耳元に口をよせ、硬い表情のままつぶやいた。

「このままじゃ命に関わる。おまえだけじゃなく、おさとも」

ふくは目をとじ、小さくうなずいた。

「家に帰るよ。いいね」

無念という顔でふくは唇をかみ、もう一度うなずく。りつはふくの肩に手をおき、安心させるようにそっとなでる。

りつは振り向いて、強い口調で言った。

「お京さん、おふくとおさとは、引き取らせてもらいます」

「引き取る？　何を外聞の悪いことを……娘も娘なら親も親だ！　婚家に勝手にあがりこんどいて勝手なことをお言いじゃないよ。嫁の母親が、娘の嫁ぎ先で偉そうにしゃしゃりでるなんて話、聞いたことがない」

りつに支えられ、ようやく身体を起こしたふくを京はきつい目でにらみつける。

「おふく、おまえはそれでいいのかい。二度とこの家の敷居をまたがない覚悟はしてるんだろうね」

ふくの表情が変わった。おとなしく、今までは京に言われっぱなしのふくが、顔をあげ、見えない目で京をきっと見返す。

「……この子のためでしたら」

両手を伸ばし、ふくは結実から赤ん坊を受け取ろうとした。結実は、さとを抱いて自分も一緒にいくから大丈夫と耳打ちする。よろよろと立ち上がるふくを、りつが支えた。

「おふく……すまねえ」

ふくは、廊下につっ立ったままうなだれている鶴の助に目をやりもしなかった。

外に出かけたとき、ふくは足を止めた。

「ちょっと待ってもらえますか。ひとつ、忘れものが……」

ふくはりつの手をそっとふりほどき、ひとりで部屋に引き返した。何かを懐にいれ、壁に手をつきながら戻ってきた。

「わかっているだろうが、この家のものは何一つ手をつけないでおくれ。おまえのものなんか何もないんだからね」

京がふくの背中に冷たい言葉を投げつける。

「ご心配なく」

ふくは振り向きもせずに言った。

待たせていた駕籠にふくを乗せ、りつと、さとを抱いた結実、産衣《うぶぎ》やおむつなど当座のものだけを包んだ風呂敷をかついだ女中がその後に続く。結実の腕の中で、さとはぐずり続けていた。乳が足りず、お腹《なか》が空《す》いているのはあきらかだ。

「おりつさん、品川町に、もらい乳をさせてくれそうな人がいるんです。私、ちょっと頼みに行ってきます」

結実はさとを女中に預けると、急いでたけの長屋を訪ねた。わけを話すとたけはお安い御用だと胸を叩いた。結実はすぐさま取って返し、みなを八右衛門店に案内する。たけの子どもたちが、外に出て待っていた。残っている力を振り絞り頭を下げたふくに、たけが微笑《ほほえ》む。

「困ったときはお互い様さ」

たけはさとを抱くと、すぐに乳首をくわえさせた。さとの口から乳があふれる。一、二度、さとはむせたが、すぐに喉を鳴らして乳を飲みはじめた。

「ゆっくり、ゆっくりでいいのよ。少しずつたっぷり飲んで」

結実はさとに声をかけずにいられなかった。

三

江戸が開かれたとき、最初の町割りが行われたのが本石町といわれる。本石町の隣の本町通りは将軍御成りのときに使われる特別な通りであり、金貨を鋳造する金座もここに置かれていた。米問屋、両替商をはじめとする豪商、大問屋が集う、江戸で商いを営む人々の憧れの場所でもある。

結実は白澤屋の立派な店構えに目をみはった。白壁の土蔵はいくつあるだろう。小《こ》網町《あみちょう》にも米倉庫があるというから、身代の大きさは計り知れない。

八百菜も八百屋としては大きいほうだが、店の格が違った。

「お帰りなさいませ」

女中と下男が入り口でりつたちを迎えた。

「おふくの部屋に、布団を敷いておくれ」

「お嬢様、お戻りなさいませ」

ふくの部屋は、庭に面した奥の六畳間で、三畳の続きの間もあった。障子越しの柔らかな光が照らす中で、大名布団のようなふかふかの布団に横になり、ふくはほっとしたように眠り始めた。さともお腹がいっぱいになって道中からぐっすり眠っている。

りつをはじめ、ふくの兄で白澤屋の主《あるじ》である清兵衛《せいべえ》、ご新造さまのきよ、そして結実が隣の居間に集まった。

「これからのことを考えないと」

りつが切り出す。当面の問題はさとの乳である。

いつでも、たけは乳をわけてくれると言っていた。しかし、いくら家が近いといっても、晴れた日ばかりではない。目をさますたびに小さなさとをたけの長屋まで連れて行くのは、さとにとっても負担だと思われた。

「昼の間だけでもおたけさんに乳持《ちもち》奉公をしてもらってもいいかもしれません」

結実は言った。旗本など高禄《こうろく》の武家では、乳持奉公として乳母をやとうことがある。支度金など金は多少かかるが、白澤屋ならなんということもないだろう。

「やっていただけますでしょうか」

たけの顔を思い浮かべ、結実はうなずいた。

「少しお給金を出していただけるなら、たぶん喜んできてくれると思いますが」

貧乏人の子だくさんとたけは笑っているが、実際、暮らしはかつかつで、少額でもお礼がもらえれば一家にとっては助けになるはずだった。

ふくの兄の嫁・きよが手をうった。

「それなら、私、今から頼みにいってまいります」

「気のよさそうなおかみさんでした。それがようございます」

りつがうなずく。

「必ず、おたけさんを連れて戻ります」

まるで討ち入りにいくような表情で、きよは出て行った。きよはふくの幼なじみで、親友でもあるという。この家なら、ふくとさとに元気が戻ってくれるだろうと、結実はほっと胸をなでおろした。

「結実さん、正徹先生に往診を頼めませんか。雀目を見ていただかないと」

りつに強く頼まれ、結実はあわてて家に引き返した。

正徹の書斎に朝運ばれた男たちはもういなかった。重傷の侍は治療のかいなく亡くなり、その遺骸をひきとりにきた男たちと共に、傷の治療を終えたふたりの侍も帰って行ったという。真砂とすずはまだ戻っていなかった。

「お産の後の雀目か……」

「そうなってからしばらく日がたってしまっているんです」

正徹がうむとうめいて、渋い顔になった。

待合には人がぎっしり並んでいる。午前中は三名の怪我人にかかりきりだった上、町方の役人も調べにやってきて、診察どころではなかったらしい。診察を日延べした者もいたが、待つことにした者もあり、出口がふさがった玉突きのように患者があふれている。

ふくの診察は今日でなくてはならないことはない。けれど、手当は早いに越したことはない。なにより、実家に戻った節目の日に治療を始められたら、ふくの希望につながるように思えてならなかった。

「源太郎、行ってくれるか」

結実の思いをくみとったかのように正徹がいった。

「えっ？　でも……」

待っている患者たちを源太郎は振り返る。

「こっちは俺ひとりで大丈夫だ。かわいそうじゃねえか。赤ん坊を抱えて、雀目になって、実家に戻ったなんてよ。せいぜい気張って力をつけてやれ」

源太郎はわかりましたと頭をさげた。見ていた患者の手当を終えた源太郎は、薬簞笥の中から数種類、薬をとりだし、薬籠《やくろう》にいれ、結実と一緒に外に出る。

海賊橋を渡り、万町《よろずちょう》に入ったところで、源太郎の足が止まった。

「このあたりだ。斬り合いがあったのは」

今朝運びこまれた浪人たちのことだと、結実はぴんときた。砂がまかれている場所は血が流れたところだろう。

「ひとり、亡くなったって」

「……浪人ではなく、水戸《みと》藩の者だった」

遺骸をひきとりにきた者が薬礼をさしだした小風呂敷の紋が水戸三つ葵《あおい》だったという。町方役人は支配違いだとわかるなり、さっさと引き上げたらしい。

水戸藩といえば、天狗党《てんぐとう》が今、世間を騒がせていた。攘夷《じょうい》が実行されないことに憤った水戸藩士たちが天狗党を結成し、攘夷を促すために藩内の筑波山《つくばさん》で挙兵したのである。思いを同じくする他藩の武士や農民なども筑波山に集い、天狗党は次第に勢力を拡大しつつあった。

「まさか、今日の斬り合いも天狗党と関わりがあるんじゃ……」

「さぁ……まぁ、関わりがまるっきりねえってわけでもねえだろうがな」

「それにしてもなんで、よりによって水戸藩がこんな騒ぎを起こすのかしら。徳川将軍家に次ぐ御三家のひとつだっていうのに」

「水戸藩には代々、『もし徳川宗家と天子様との間に戦が起きたならば躊躇《ためら》うことなく天子様を奉ぜよ』との家訓があるんだそうだ」

歩みを進めながら源太郎はいった。結実が首をかしげる。

「徳川のお血筋なのに、天子様の味方ってこと？」

「うん。それが水戸に伝わる学問、水戸学ってもんらしいぜ。難しいことは俺にはわからねえけど、藩はふたつに分かれてるって話だ。これまでは、みなの尊敬を集めていた藤田東湖《ふじたとうこ》という学者と、人望の厚かった戸田《とだ》の何某《なにがし》って家老が天狗党と天狗党に反対する派閥をなんとかまとめていたんだそうだ。そのふたりが安政の大地震で亡くなって、おかしなことになっちまったらしい」

源太郎の口から安政の大地震という言葉が出た途端、結実の胸がずきっと痛んだ。九年前のあの日のことを結実は、忘れたことがない。母とお腹の子ども……結実の代わりに、ふたつの命が目の前で奪われた日だ。

「あの地震で大名屋敷もずいぶん倒れちまっただろ」

まとめ役が不在になったために激しい武力抗争が起こり、今日の斬り合いもそのひとつだろうと源太郎は言った。

「源ちゃん、よく知ってるのね。びっくりした」

「いや……今日来た同心からの受け売りさ」

源太郎は照れたように頭をかく。ここで胸を張らないのが、源太郎である。

「そんなことだと思った。でも開港する前だったらともかく、今さら攘夷なんてできるのかしら。横浜にはもういろんな国の船がきているってのに」

日本橋を渡りながら、結実はつぶやく。今日も日本橋川は舟でいっぱいだ。川を行き来する小舟はもちろん、大きな船もみな、手漕《てこ》ぎの木造だ。煙をはき、大砲を携え、鉄でできている外国から来るような船など、一艘《そう》も見当たらない。

「メリケン、エゲレス、フランス、それからオロシャ……このごろはあっちこっちから来てるからなぁ。この町にも異人が闊歩《かっぽ》するようになっちまったし。尊王攘夷を金科玉条としてる奴らが頭に血ぃ上らせるってのも、不思議じゃねえや」

「……戦になんてならないよね」

結実は考え込みながらゆっくりとした口ぶりで言った。

「戦？」

「京では戦が起こりそうだって、穣之進おじさんが」

源太郎は空をあおいだ。

「江戸で戦が起きるってことは、世の中がひっくり返るってことだ。……地震、麻疹《はしか》、コロリ、天狗党や京の尊皇攘夷運動と、ご公儀もへとへとだろうけど、だからってそう簡単に弓引く奴らは出てはこねえだろ」

そうでなければ困ると、結実は胸をなでおろした。ふと先日、栄吉から聞いたことを思いだした。

「源ちゃん、龍馬さんて覚えてる？　軍艦奉行になられた勝海舟先生が開いた、神戸海軍操練所に今いるんだって」

「海軍操練所ってことは……自前で海を守るための方策か……。あの人がねぇ、偉くなったもんだなぁ」

源太郎が自分と同じようなことを言ったのを聞いて、結実はおかしくなった。

四

白澤屋の庭から、子どもたちの声が聞こえた。

ふくの部屋の次の間に、ひと組布団が敷かれ、早くもたけが赤ん坊と横になっている。庭を走り回っているのは、たけの子どもたちだった。

「おたけさん、乳持奉公を引き受けてくれたのね」

結実がそばにいくと、たけは起き上がり、布団に座った。

「いいのかね。こんな極楽な布団を使わせてもらって、子どもたちまで握り飯や饅《まん》頭《じゅう》をもらって、それで小遣いまでもらえるなんて、申し訳ないような気持ちだよ」

ふくの乳が出るようになるまで、朝から暮れ前まで、たけは白澤屋で過ごすという。

「おさとちゃんは、お乳さえ飲めばぐっすり眠る。器量よしのいい子だよ」

「金太《きんた》ちゃんもまるで金太郎みたいな立派な顔立ちで、きっと美丈夫に育ちますよ」

ふくの枕元に座っていたりつがすかさず声をかける。たけの子どもは金太と名付けられていた。柄にもなく、恥ずかしそうに肩をすくめたたけに、結実は頭を下げた。

「本当に助かります。どうぞよろしくお願いします」

「こちらこそ」

源太郎はふくの脈をとり、舌を見た。それから目の見え具合を確かめ、薬籠から薬を取り出した。

「食事と食事の合間に、この薬を飲んで下さい。続けるうちに体に力が戻ってきます。温かいほうが飲みやすいかな。もし苦ければ、蜂蜜や砂糖をいれてもいいですよ」

源太郎が処方したのは、人参《にんじん》、芍薬《しゃくやく》、桔梗《ききょう》などを配合したものと、やつめうなぎの粉だった。

「結実、煎じ方を女中さんに教えてやってくれ」

煎じ方は簡単だ。土瓶に三合半の水と薬一日分をいれ、弱火でことこと水が半分ほどになるまで煮詰め、三回にわけて飲む。とりあえず、今日の分を火にかけるように指示し、水屋から戻ると、源太郎は横になったふくと話していた。

「卵、鰻《うなぎ》、泥鰌《どじょう》、豆腐……この中にお好きなものはありますか」

「卵かな」

「俺も卵が大好きです。特に茶碗蒸《ちゃわんむ》しが」

源太郎が目を細める。

「まあ、先生、茶碗蒸しがお好きなんですか。私も大好きです。……でもいっとう好きな卵料理は卵ふわふわ」

源太郎が首をかしげると、ふくはふふっと笑った。

「ご存じありません？」

「初耳です……待てよ、弥次喜多《やじきた》道中で弥次さんが食べていたような」

「それ！　それですよ、卵ふわふわは。……先生、『東海道中膝栗毛《ひざくりげ》』みたいなお話、お読みになるんですか」

「ええ、まぁ」

「難しい本ばかり読んでらっしゃるのかと思いました」

「そちらはそれほどでもなく……」

結実の口から吐息がもれた。これだから、源太郎は誰からも気安く「せんせ、せんせ」と軽く扱われてしまうのだ。

「で、卵ふわふわはどんな味なんですか」

源太郎はふくにたずね、結実も興味津々で身を乗り出した。

「とろとろの茶碗蒸しよりもっと柔らかく、泡みたいな口当たりなんです。口にいれると、卵と出汁《だし》の味わいがす～っと舌の上に溶けていくの」

源太郎は首をかしげる。

「結実は食べたことあるか？」

ないない、と、結実は胸の前で手を横にふった。

「卵なのに溶けていくって……どうして」

結実が尋ねると、ふくは秘密を打ち明けるように答えた。

「出汁と卵だけで作るんです。土鍋に出汁をいれて、煮立ったら、泡立てた卵を加えて、蓋をして蒸す。これだけ」

「一度、食べてみてぇなぁ」

食い意地の張った顔で、源太郎はつぶやく。

「今度、いらしたときにごちそういたしますわ。ほっぺたが落ちないようにお気をつけくださいましね」

源太郎が膝をうった。

「おふくさん！　毎日でもいい。卵ふわふわを食べてください」

「はい！　うまいうまいと食べると身体に力が入りますから。好きなものを食べると、身体も喜ぶんです。そういうもんです」

まじめな顔で断言した源太郎を見上げ、ふくがくすくす笑う。

「鰻はお好きですか？」

「あんまり。……ちょっとしつこいから」

「残念だな。鰻は滋養があるんですけどね」

「それなら鰻の蒲焼《かばや》きを小さく切って、細かく切った大葉、軽く炒《い》ったごまと一緒にご飯にまぜたらどうかしら。さっぱりといただけますよ」

結実が口をはさむ。少ない鰻を大勢で味わえる母・絹自慢の倹約料理だ。

「それなら食べられるかも」

「食べましょう！」

ふくは笑顔でうなずいたと思いきや、眠っているさとに目をやると、ほろほろと泣き出した。

「この子、父《てて》なし子になるのかしら……」

「先のことは元気になってから考えましょうよ。まずは元気になること。おっかさんが元気なら子どもは大丈夫ですから」

結実は、ふくを力づけるように言う。

いくら婚家でひどい扱いをされていたといっても、産んだばかりの子どもを連れて出てくるのは、思い切りが必要だったはずだ。自分が耐えれば子どもは八百菜の娘として幸せに生きられると、ふくはがんばってきたのだろう。出てきてよかったのか、子どもから父親を奪っていいのか。ふくが気弱になるのも結実はわかる気がした。

源太郎が腕を組んで、ふくの顔をのぞきこむ。

「考えて答えが見つかるならいいですが、答えが出ないことをずっと思い悩むとその毒が自分にまわっちまうことがあるんですよ」

「……毒が？」

源太郎がうなずく。

「はい。だから、俺は答えのでないことはなるべく考えないようにしているんです」

ふくは源太郎を横目で見て、拗《す》ねたように言う。

「先生、ずいぶんさっぱりおっしゃるのね」

「それに時間がたち、身体が元気になれば、見え方が変わりますし」

源太郎はふくの目を見つめ、また微笑んだ。

そのとき、女中が入ってきて、薬湯ができたとお椀《わん》を差し出した。結実はふくを抱き起こし、お椀を持たせた。くせの強い薬草の臭いにふくは顔をしかめた。

「さぁ、飲んじゃいましょ。おいしくないから一気に」

結実に促《うなが》され、ふくは決意したような顔で飲み干し、案の定、その渋さとえぐみに、げんなりした表情になった。源太郎がからからと笑う。

「これを処方すると、患者さんの治りが早いんですよ。こんなまずいもんを飲むくらいなら、早く治らなくてはと思うんでしょうな」

りつは結実に、しばらくの間毎日通ってくれと言った。源太郎にも時折顔をだしてほしいと頼んだ。

帰り際、ふくは結実に小さな声で言った。

「源太郎先生、明るくてお優しいんですね」

「ええ。それが取り柄なの」

ふたりは肩をすくめ、くすくす笑った。

五

白澤屋からの帰り道、源太郎と連れだって日本橋を渡っているとき、結実の目に鶴の助の姿が飛び込んできた。島田に結い上げ、赤い半襟に黒紋付きの着物を小粋に着こなした芸者とおぼしき女と連れだって歩いている。結実の頭にかっと血が上った。

「さっき、おふくさんが赤ん坊と家を出たばかりだっていうのに……」

鶴の助のほうに歩き出した結実の袖を源太郎がつかんだ。

「なんで止めるの？　ひとこといわなきゃ気がすまないわ」

「みっともねえじゃねえか」

「いいのよ、みっともなくたって」

「結実ちゃんじゃねえよ。おふくさんの顔がつぶれる」

はっとして結実は源太郎に向き直った。その通りだった。

ぎりぎりまでひどい仕打ちに耐えてきたのに、こんな往来で産婆の結実が鶴の助にくってかかったら、世の人に、亭主の鶴の助が浮気をしたからふくが家出をしたと簡単に思われてしまいかねない。ふくは赤ん坊を救うために家を出たのに。

それでも結実の気持ちは収まらなかった。

「でもあの女のせいで、おふくさんが……」

「結実ちゃん、産婆だろ。あの芸者が赤ん坊に乳を飲ませている女に見えるか？　相手は別の女だよ」

鶴の助の姿は人波に消えて見えなくなった。結実は歯を噛《か》みしめた。

「あたし、やっぱり納得がいかない。鶴の助さんは、おふくさんのことが好きで好きで一緒になったって話なのに。他の女と子どもはこしらえるわ、昼間から芸者と歩き回るわ……あんまりじゃない」

ぽんと源太郎が結実の肩をたたいた。

「こんなこと言いたくねえんだが、八百菜が金策につまって、白澤屋から金を引き出そうとして夫婦になったって聞いたぜ」

「違うでしょ。鶴の助さんがおふくさんに一目惚《ぼ》れしたけど、両家とも大反対だったって話じゃない」

「反対されればされるほど、おふくさんだって、その気になるだろ」

「まさか親子でおふくさんと白澤屋をだましたってたの？」

源太郎は黙っている。たまらず、結実は続けた。

「百歩譲って、それが本当だとして、どうしておふくさんが邪険にされるのよ」

「……白澤屋が援助を断ったらしい。親戚とも金の貸し借りはするなというのが先々代からの家訓だそうだ」

結実は唖然《あぜん》として源太郎を見た。それからぷんと横をむいた。

「……一日中、診療所にいるのに、源ちゃんがなんでそんな噂知ってんのよ」

「待合で、患者さんがあれこれ言うんだよ。聞く気じゃなくても、耳に入ってきてさ」

結実はぐうの音もでなかった。

八百菜の京と鶴の助はそんなことを企む悪党とまでは見えなかった。店だって景気が悪いようには見えない。けれど、家の内情は外からはわからない。

いずれにしても、源太郎がいうことが真実なら、ふくは出てきてよかったのだ。

「ああ〜、くわばらくわばら。いやな話、聞いちまった」

結実ははき出すようにつぶやいた。

日本橋川がきらきら日の光に反射して光っている。

不意に結実は睡魔に襲われた。おもしろくないことが起きたとき、結実は眠たくなる。そのうえ、今日は朝方、ちょっと仮眠をとっただけだ。

今の今まで気をはっていたが、嫌気がさしたとたんに、身体から力が抜けた。

「おいおい、まさかこんなところで寝る気じゃねえだろうな」

源太郎がふらつきはじめた結実の肩をゆさぶる。

「寝るわけないじゃない」と口ではいいつつ、結実の目はひっくり返っている。

「そこの団子、うまいって聞いたぜ。食わねえか。おごってやる。行こうぜ！」

ぐいぐい源太郎が結実の腕をひっぱっていく。

それからしばらくの間、団子につられ、睡魔を吹っ切り、無事に家に帰ってきたと、結実は源太郎にからかわれることになった。

ふくはひと月もたつと、乳も出るようになり、雀目も回復した。鶴の助が妾に子どもをこさえていたことを知ると、ふくはなんとか鶴の助への気持ちを断ち切った。

驚いたのは、ふくが鶴の助からの三行半《みくだりはん》こと離縁状を持っていたことである。離縁は男側からしか申し出ることはできないが、離縁状さえあればいつだって別れられる。

博打や浮気などに怒った女房が「また同じことを繰り返したら別れる」と亭主に書かせたりする先渡し離縁状を、ふくは祝言の前に鶴の助に書いてもらっていたのだ。

「私だって、商人《あきんど》の娘ですもの。幼いころから、商《あきない》の話を耳にして育ったんです。何か起きたときに、請け状や証文のあるなしで、まるで置かれた立場が変わってしまう。事をなすときには証文を作るというのは、白澤屋のもうひとつの家訓ですのよ」

八百菜からふくが出てくるときに、部屋に取りに戻ったのがこの書状だった。ご丁寧に、朱印もちゃんと押してある。

鶴の助自筆の三行半があるため鶴の助から離縁を切り出したこととなり、すんなりことが運んだ。そればかりでなく、八百菜は祝言の際にふくが持って行った持参金の全額返金もせざるをえなくなった。三行半を出した夫は、妻が持ち込んだ財産のすべてを返さなくてはならないと決められている。

鶴の助は浮気をしようが、よそに子どもをもうけようが、姑がどんなに辛く当たろうが、大店《おおだな》の何も知らないお嬢さん育ちのふくがよもや行動を起こしたりするはずがない、とたかをくくっていたのだろう。

だが、ふくは鶴の助よりはるかに頭がまわり、用心深かった。いずれにしても、三行半の決まり事により、鶴の助と八百菜には大きな代償が課せられた。

ふくが床上げしてからも結実はときおり、ふくの顔を見に行き、話をきく。母親の心をときほぐすのも産婆の仕事だからだ。

「三文安い出戻りになっちゃった」

その日、さとを寝かしつけたふくがつぶやいた。

「元気でさえいればこれからいいことがきっとありますよ。それに、もともとおふくさんは美形で、人より三十文は高いから、三文くらい平気平気」

そういった結実に、ふくがちょっといたずらっぽい目をした。

「三十文だけ？　……安くない？」

「じゃ、百両！」

「もうひと声」

「どかんと三千両！」

「それならいいか」

顔を見合わせて笑った。それからふくが短く息を吐いた。

「今さらだけど私、なんで、その気になったんだろ。しつこくいいよられて、はじめは困ったたって思っていたのよ。でも……あんまり好きだと言うから。これだけ思われたら、一緒になろうって気になっちゃって。……結実さんは、そんなことない？」

結実は首をひねった。二十一歳にもなるのだから、浮いた話があってもよいとは、自分でも思っている。

「残念ながら……」

「じゃ、そういうことが起きたら、どうするっ？」

いいなと思う人に好きだと言われれば嬉《うれ》しくなるだろうし、そうでもなかったら迷惑だと思ってしまいそうだ。しつこくされたら、好きになるどころか、もっと嫌いになってしまうかもしれない。

「……人によるかしら」

ふくが顎をあげ、目をくるりと回す。

「源太郎先生みたいな優しい人だったらよかったのになぁ……」

「げ、源太郎？」

「……結実さんとすごく仲がよくてうらやましい」

結実はあわてて手を胸の前で横にふった。

「仲はいいけど、兄妹《きょうだい》みたいなもんだから。朝、井戸端で寝起きの源ちゃんを見たら、がっかりするわよ。髪はぼさぼさ、ぼやっとした顔をして、もっとしゃきっとしろって活をいれたくなるくらい」

つい語気が強くなった。

医師として信頼しているふくには言えないが、医学所で勉強する絶好の機会をみすみす逃そうとしている源太郎のことが、結実は不甲斐なくてたまらない。

「じゃ、結実さんはどんな人がいいの？」

結実の脳裏に、町火消しの栄吉の笑顔が浮かんだ。たくましく、情に厚く、町の人に慕われている栄吉。日に焼けた肌に白い歯。彫りの深い男らしい顔。笑うと目尻にちょっと皺《しわ》がよる……。その顔を思い浮かべるだけで、結実の胸が熱くなる。

ふくは黙りこんだ結実の顔をのぞきこんだ。

「いるのね、結実さんにそういう人が」

「いませんよ」

「白状なさいよ。どんな人？」

ふくは案外しつこかった。

結実は荷物を風呂敷に包むと、そそくさと白澤屋をあとにした。

第四章　露草びいどろ

一

「結実ちゃんももう二十一歳なんだから、そろそろ落ち着いた方がいいわよ」

「今を逃したら、あとは後妻の口しかなくなっちゃうんだから」

「そうそう。父親みたいな年の男と一緒になって、言うことをきかない連れ子を育てるはめになっちゃう」

「やだ。おどかさないでよ」

「それが世間ってものよ」

文月《ふみづき》に入って早々、春江《はるえ》と美園《みその》が遊びにやってきた。ふたりとも結実と同い年の八丁堀育ちで、読み書き算盤《そろばん》の手習い所が一緒で、幼いころから仲良しだった。

春江の夫は勘定方の役人で十歳も年上だ。見合いをしたときすでに鬢《びん》がはげあがっており、春江は「あんなじじむさい男はいやだ」と泣き崩れた。美園の相手は同心だが、その家はけちと評判で、祝言が決まってからは「底意地の悪い姑のいる、貧乏くさい家に嫁ぐなんて、私のお先は真っ暗だ」とため息ばかりついていた。

だが親の決めたことに逆らえず、二年前、相次いで渋々嫁いでいった。

今ではふたりとも子持ちだ。美園の子が泣き出すと、春江の子も一緒に声をあげる。

どちらもちょろちょろ素早く動き回るので、目が離せない。

「美園ちゃんはいいわよね。もう男の子がいるもの。うちなんか女の子だから、次はまだかと矢の催促でいやになっちゃう」

「あら、一姫二太郎というじゃない。最初は女の子が育てやすいって。俊太郎《しゅんたろう》はご覧の通り甘えん坊で、しょっちゅう、風邪もひくし。気の休まる暇なんてありゃしない。それより、春江ちゃんのご亭主、ご出世ですって？」

「おかげさまで。上の方が引き立てて下さって。とはいえ、入るものが多くなればでるものも増えるから、内情は変わらないんだけど」

「まあ、春江ちゃんが家の財布の紐《ひも》、握ってるの？　うらやましいわ」

「まさかそんなわけないでしょ。姑がっちり」

「うちもよ。落とし紙ひとつ買うのにも、あのけちくさいお姑にお伺いをたてなきゃならないの。窮屈だったらありゃしない」

嫁ぎ先の堅苦しい暮らしから解放されたように、ふたりは、子どもと亭主と婚家の話に花を咲かせ、せんべいをばりばり食べている。

真砂は、久しぶりに友だちが来たのだからゆっくりしていいと気を遣ってくれ、すずとともに往診に出かけていた。

手習い所から章太郎が帰ってきたのが見え、結実はあわてて手招きした。

章太郎は、春江と美園のお気に入りの上、子守がうまいのだ。

「春江様、美園様。お久しゅうございます」

章太郎はにこっと笑い、折り目正しく挨拶した。こういうところは滅法如才ない。

「相変わらず、章太郎様はおかわいらしいお顔立ちで。でも背はずいぶん伸びられて」

「章太郎様、おいくつになられたの？」

春江と美園は相好をくずした。ちょこんと座った章太郎のまわりに、幼子たちがまとわりつく。章太郎はふたりを膝の上に抱いた。

「当年で八歳になりました」

「手習いに通われているんでしょ。お父上は蘭医でいらっしゃるもの、さぞかし優秀なんでしょうね」

春江の問いに、章太郎が答えにつまった。

「いえ、特にめざましいことはございませんが……」

「まあ、奥ゆかしいお答え」

「母にはもっと真剣に学ぶようにと、日々、叱咤《しった》激励されております」

「それではお母さまのおっしゃる通り、がんばらなくてはなりませんね」

春江も美園も、章太郎がてっきり冗談を言っていると思ったらしい。だが成績がかんばしくないのは本当だった。触れてほしくない話題から逃げるように、章太郎は子どもたちを連れて隣の部屋で遊びだした。

それからも春江と美園はしゃべり続けた。

「結実ちゃん、お産婆《さんば》さんにあまりこだわらないほうがいいわよ。自分の嫁を外で働かせたいという殿方はあまりいないから」

「適当なお話があったら、思い切って決めた方がいいわ。わかった?」

友だちの気安さでずけずけと言い、絹が用意した昼食のそばを汁まで飲み干して、ふたりは帰って行った。

春江と美園が結実のことを思って言ってくれているのはわかる。だが、小石を飲み込んだような違和感があった。結実にだってこれまで結婚の話がなかったわけではない。町方同心、紺屋の跡継ぎ、医師の卵……だが、ふたりが言ったように、どれも産婆をやめて家に入ることが条件だった。産婆を続けるつもりの結実は、見合い話を断るしかなかった。

結実の実母の綾は、結実を助け、お腹《なか》の子どもとともに死んでしまった。あのとき、なぜ瓦が落ちてきそうな場所を自分は歩いていたのだろう。結実の不注意がその悲劇を招いた。そんな自分がぬくぬくと手軽な幸せに飛び付いていいわけがない。

けれど今は二十一歳でも、二十二歳、二十三歳と、あっという間に刻《とき》は過ぎる。このままひとりものの産婆として生きていくのも、正直、心細い気がした。

やがて真砂とすずが戻ってきた。

「お友だちは帰られましたか？」

「ええ。今日は仕事を休ませていただき、ありがとうございました」

結実は真砂に礼をいった。祖母と孫の間柄ではあるけれど、真砂は仕事の時はすずと同じように扱う。血縁だからこそ、筋を通すことが暗黙の了解となっている。

「いいおっかさんになってたでしょう、ふたりとも。早く嫁に行けとか言われなかった？」

すずが微笑《ほほえ》む。

「言われた言われた」

「お嫁にいった友だちはみんな言うよね。子持ちになると特に、口をそろえて」

うなずきながら、結実はすずとの会話に居心地の良さを感じた。同じような生き方を求める人とは、いつどこで出会っても、打ち解け合い、親しみを分かち合えるものなのかもしれない。同様に、幼いころから長い時間を共にした友でも、環境が変わり、興味の方向が異なれば、話が嚙《か》み合わなくなることもあるのだろう。

「午後は庭のどくだみをとっておくれ。どくだみ茶にするから」

真砂がいった。春先から秋まで、することがない日はいつもこれだった。結実とすずは顔を見合わせた。真砂はふたりを休ませてなどくれない。

二

雲ひとつない空から、強い日差しが容赦なく照りつけ、姉さんかぶりで庭にしゃがみこんだふたりの額にたちまち汗がびっしり浮かんだ。

「くっさいね」

すずが苦笑する。どくだみから放たれる匂いはすさまじい。

「この間、抜いたばかりなのに、もうもさもさ」

庭を覆い尽くさんばかりに茂っているどくだみを、ふたりはうんざりして眺めた。どくだみの生薬名は十薬といい、腫れ物や吹き出物、虫刺されなど多くの症状に対して効き目をもつ万能薬として重宝されている。

その旺盛な生命力は驚くほどだ。根茎でどんどん増える。根茎のかけらからも、すぐに根をだし、芽をだす。小石の間だろうが、岩の下からだろうが、どくだみは領地を広げていく。

庭には蓬《よもぎ》や赤紫蘇《あかじそ》も生えていた。ふたりはそれらも摘んで、別の籠にとった。蓬茶は冷え症や貧血の妊産婦の身体《からだ》を温めてくれる。赤紫蘇にも同じような効用があった。

「今日ね、産婆を続けていたら嫁入り先なんか見つからないって言われちゃった。おすずちゃんは、嫁入りのこと、考えたりする？」

結実は手を止めずにいった。

「考えないわけじゃないけど……お産婆でいいという人がいたら」

すずはどくだみの根元をはさみでちょんと切りながら答えた。

「そうよね。あたしも」

「結実ちゃんは、地震で実のおっかさんを亡くしたんだよね。……あのとき、うちも大変だったの。佐兵衛町《さへえちょう》に住んでいた姉さん一家がみんな死んじまって」

佐兵衛町は幸橋御門《さいわいばし》のすぐ近くにある町だ。安政の地震では埋め立ての日比谷からあの一帯の多くの家が倒れた。

「うちの長屋も、兄さんの家も壊れちまって……、姉さんたちの野辺送りもまともにできなかった……でも本当に大変だったのはそれから。おとっつぁんの仕事がまるっきりなくなってしまって。そりゃ、そうよね。みんな家も家族もなくしたというときに、包丁研ぎどころじゃないもの……」

すずの一家はたちまち、持ち金が尽きた。

「住む家もないから雨露をしのぐこともできず、食べ物といったらお救い小屋の炊き出しと、そこらへんに生えている草だけ。……兄さんの子どもたちはやせ細って次々に死んじゃったの。まだ五歳と三歳だったのに。元気でよく笑う子どもたちだったのに、やんちゃしていつも飛び跳ねていたのに、泣き声もあげられなくなって、火が消えるようにすーっと逝っちまったの。あたしはただ見てるしかなかった……」

そのとき、すずは女であっても、いつも世の中で必要とされる仕事につこうと心に決めたという。それが産婆だった。

「何もできないと泣くのはみじめだもの。だから産婆をやめろなんていう男は、こっちから願い下げだわ。……でも結実ちゃんは大地堂のお嬢さんだから、あたしとは違うよ」

「違わないわよ。あたしだって……」

「結実ちゃんには、立派なおとっつぁまがいて、こんなに大きな家があるんだもの。結実ちゃんの志は尊いけれど、産婆をやめても食べていくのに困らないでしょ」

優しかった母・綾の顔が目に浮かんだ。自分が母とお腹の子を殺したようなものだと言ったら、すずはどう思うだろう。それが、産婆になると決めた理由だと言ったら、すずはわかってくれるだろうか。

そのとき、章太郎が、むしろや三本鍬《ぐわ》、竹べらなどを手にやってきた。章太郎はふたりの傍《かたわ》らにむしろを広げてぺたんと座り込む。足首が曲がっているので、かがむということが章太郎はできない。

「お手伝いします」

小さな三本鍬をふるい始める。よく見ると、章太郎はどくだみの根を切らないように、竹のへらをつかい、廻《まわ》りの土を丁寧に削り、掘り進めていた。

「章太郎、とるのは、葉っぱと茎だけでいいのよ。また生えてくるように根っこは残しておくんだから」

章太郎はいたずらがみつかったみたいに苦笑した。

「どくだみの地下茎は一尺（三〇センチ）以上、下まで広がっていますので、このくらい根っこをとっても、またすぐに生えてきますので大丈夫です」

「じゃあ、いったい何をしてんの？　お手伝いとか言っちゃって」

結実がぶつぶつ言うと、章太郎は神妙な口調で答える。

「どれほど根っこが長く伸びているのか、確かめてみたいと思いまして……」

「……」

「地上にでている葉や茎の勢いもすごいですけど、根っこはもっとすごいんです。何本も枝分かれして、下へ横へとぐんぐん伸びて、そこからまた土の上に芽をだすんです」

「……それがそんなにおもしろい？」

はい、と章太郎がうなずく。その目が輝いている。

「この庭全部、ほじくり返してみたいくらいです」

確かにどくだみの根は網の目のように地中に広がっている。陣地を広げ、この地を自分の種で埋め尽くそうという意思がどくだみの根に宿っているかのようだ。

すずが章太郎に微笑む。

「どくだみの根っこは食べられるし、お茶にもできるのよ。だから、根っこも捨てずにとっておいてね」

「食べられるの？　これが」

どくだみは根っこも相当に臭い。

「はい。甘辛く煮たり、きんぴらにするとまあまあかな。火にかけると、匂いが和らいで、食べやすくなるから」

「へぇ〜、捨てるところがないんだね、どくだみって」

感心したように章太郎はいった。それからも三人はもくもくとどくだみをとった。

「章太郎さんはいつから医者になる勉強をはじめるの」

すずが何気なく聞いた。首をかしげた章太郎をおしのけ、結実が答える。

「源ちゃんがうちに寄宿したのは十七のときだったけど、十五歳くらいから自分のお父さんの診療所の手伝いをしていたんだって。章太郎もそうする？　源ちゃんの弟の象二郎さんみたいに、早くから医学所で本格的に勉強するっていう手もあるよね。そっちのほうが今風でいいかもねっ」

章太郎はむうっと口を結んで答えない。すずが章太郎を励ますように言う。

「まだ八つだもの。先のことはわからないよね」

「そんなことないわよ。章太郎は大地堂の息子よ。医者になって、おとっつぁまの後を継ぐに決まってるんだから」

結実が言い切った瞬間、章太郎が、あ、と声をあげた。三尺（九〇センチ）も無傷で掘り出した根っこがぷちっと切れている。章太郎はふっと息をはいた。

「医者にならなくてはいけないんでしょうか。……私は読み書きも算術もどちらもかんばしくありませんし、このような身体ですから、体力もありません。象二郎さんのような何が何でもがんばるという覇気《はき》にも欠けています」

結実は虚をつかれたような顔になった。

「何、弱気なことを言ってるの。手習いに行きはじめて二年くらいで、あきらめたようなこといわないの。どくだみだってこんなにがんばってるのに」

章太郎は顔をあげた。

「姉さん、どくだみはこの場所が好きだから、これだけ茂っているんですよ。寒くて年中、雪に覆われるようなところや、高い山の上では育ちません。植えてもすぐに枯れます」

珍しく章太郎が言い返し、結実は憮然《ぶぜん》とした。

「いやだ、屁理屈《へりくつ》いっちゃって」

「どくだみを持ち出したのは、姉さんです」

「とにかく、あの勉強嫌いの源ちゃんでさえ、医者になろうとしてるんだから。章太郎がなれないわけないじゃない」

間髪をいれずに言った結実を、章太郎はじろっとにらんだ。

「源兄ちゃんは勉強嫌いなんかじゃないですよ。新しい治療法を学ぶために、夜遅くまで書物を読んでいるし、患者さんの訴えや処方した薬などを記録した患者さんの帳面も作っています。これまでのお弟子さんの中で、いっとう患者さんにも人気があるそうです」

「源太郎さんはお優しいものね」

すずがうなずく。章太郎が嬉《うれ》しそうに相づちをうつ。

「うん……でも、源兄ちゃんのやりかたじゃ、いくら治療しても儲《もう》からないと、おばあさまは嘆いておられましたけど」

「先生が？　どうして」

「お金をもらえないことがわかっていても、手を抜かずに治療するから」

「おとっつぁまだって同じようなものじゃない」

結実が肩をすくめた。

「真砂先生だって決してお金儲けは上手なほうじゃありませんよ。お産はあるとき払いの催促できず。算盤があわないってのが口癖ですもの」

「だからみんなが一生懸命働いていても、この家には蔵がたたないの。章太郎にはがんばってもらわなくちゃ。……始める前から、あきらめたようなこと言わないの」

章太郎は答えなかった。

「そろそろ、始末にかかっておくれ」

縁側から真砂の声がした。

三人は立ち上がり、とったどくだみを井戸端に運んだ。何度か水を替え、どくだみを洗い、汚れや土を落とし、きれいになったものを束にして、裏の物干しにぶらさげて干す。かさかさに乾燥したら、細かく切りわけ、保存するのだ。

どくだみはお茶にすると臭いもさほどきつくなく、味もまろやかで案外飲みやすい。鍋などで濃く煮出せば、むくみや便秘の改善の薬効もある。妊婦はおなかが大きくなると便秘になりがちなので、どくだみ茶を処方することもあった。

とったどくだみは小山ひとつもあり、作業は遅々として進まない。

しばらくして栄吉の声が聞こえたような気がして、結実は門に目をやった。戸板にのせられた怪我人《けがにん》が診療所に運ばれていくのが見えた。その後から栄吉が男の肩を抱いて入ってくる。男の腕に巻かれた晒《さらし》が真っ赤だった。結実の血がぞっと冷えた。

「また斬り合い⁉」

結実とすずは顔を見合わせた。ひと月前、万町で斬りつけられた水戸藩の侍が大地堂に運ばれた。ふたりは軽傷だったが、ひとりはその日のうちに亡くなった。

今年になって、江戸では物騒な事件が増えている。

「結実、おすずちゃん。手があいていたら、手伝ってくれ」

源太郎の声が聞こえた。結実とすずは家に走り、洗いたてのものに着替え、もう一度井戸端で丁寧に手を洗い、正徹の診療所に急いだ。

「栄吉さん、肩に血が」

結実は栄吉に駆け寄った。半纏《はんてん》の肩口に血がべったりとついている。

「俺んじゃねえ。若いもんがやられた」

栄吉は渋い顔で、畳廊下の診察室に目をやった。怪我人は三人だった。重傷の十七歳の寅次郎《とらじろう》は、奥の土間の寝台に寝かされ、正徹がかかりきりになっている。

結実とすずにまかされたのは、腕を負傷した金治《きんじ》と太助《たすけ》だった。どちらも二十歳《はたち》をすぎたばかりの若者で、歯をくいしばって痛みに耐えている。

源太郎はふたりに気付け薬をのませ、止血のために腕の付け根をかたく縛った。

「傷口を洗ってくれ」

庭に床几《しょうぎ》をおき、男たちを座らせ、下男の長助が汲《く》んでくる水で、何度も傷口をゆすいだ。大地堂では、井戸水を沸騰させ、冷ました水を毎日大量に用意している。

「少々、痛みがあるが早く治るのと、当座の痛みは少ないが長くかかるのと、どっちがいい？」

源太郎が、金治と太助に尋ねた。年長らしい金治が顔をしかめた。

「先生ならどうする？」

「俺なら……早く治る方に賭けるな」

「だったら、そっちだ」

源太郎はふたりを畳廊下の診察室に促す。

改めて傷口を焼酎《しょうちゅう》で洗い、源太郎は沸騰した湯からひきあげた針をとりだした。最初は金治、次に太助。源太郎は器用に針を動かし、素早く傷口を糸で綴《と》じていく。

「さすが、は組の兄さんたちだ。我慢づええや」

ちょんと糸を切り、源太郎は仕上げに、大黄《だいおう》、地黄《じおう》、芍薬《しゃくやく》などを混ぜ合わせた軟膏《なんこう》を塗り、油紙で押さえ、晒を巻いた。痛みのせいで、金治の口がひんまがっている。

「手が上がんなくなるなんてことはねえよな」

源太郎は帳面に筆を走らせながら答える。

「筋までは達してないから、傷さえ治れば元通りになる。ただ膿《う》むとやっかいだ。毎日見せてもらおうか。まぁ、そんな気にはならねえだろうが、酒と風呂、力仕事は、当分なしにしてくれ。火事場仕事もだ」

「町火消しが火事場仕事に行っちゃならねぇ？　冗談も休み休みにしておくんなせえ」

とたんにいきりたった金治と太助を、源太郎はまぁまぁと諫《いさ》めた。

「腕を斬られたんですぜ。この傷口は火薬みてぇなもんだ。扱い方を間違えば、爆発する。命にかかわる。……栄吉さん、このふたりは当分の間、休ませてやっておくんなさい。しばらくの間、おとなしくしていれば、必ずよくなりますので」

「合点《がってん》だ」

栄吉は、金治と太助の肩を抱いた。

「傷が治ったら、その分、働いてもらうから、我慢だ、我慢！」

奥から、うがぁっという寅次郎の悲鳴が聞こえた。

「源太郎、来てくれ。結実、おすずちゃんも頼む」

正徹の怒鳴り声がした。

三人は奥の土間に駆けつけた。座布団を何枚も差し入れられ、寅次郎の左ももは高くあげられていた。こうして傷口を高くすると出血が若干少なくなる。

だが痛みが激しく、寅次郎はじっとしていられない。奥歯をかみ、拳《こぶし》を握り、苦しげに顔を動かし、ときどき、うめき声とともに、身体が跳ね上がる。

土間のすのこはびしょびしょだった。傷口を洗った水に、血が滲《にじ》んでいる。

正徹は寅次郎の傷口に晒を強くあてていた。源太郎は結実とすずに指示した。

「傷口を縫う間、ふたりは寅次郎さんの腕を押さえてくれ」

「はいっ！」

暴れようとする寅次郎の力に、結実とすずは何度も吹っ飛ばされそうになった。

「寅次郎さん、痛いよな。もうひとがんばりだ。寅次郎さんならがんばれる」

源太郎は辛抱強く話しかけながら、丁寧に針を走らせた。

寅次郎の応急手当を終え、診察室に戻ると、同心の坂巻権左衛門《さかまきごんざえもん》が待っていた。

坂巻は三十がらみの町方同心だ。三人の子どもはすべて真砂がとりあげたので、結実たちとも顔見知りだった。坂巻は、今度も水戸藩がらみの事件で、浪人たちが水戸藩の足軽と中間《ちゅうげん》を草市で襲ったと渋い顔でいった。

「草市で刀を抜くなんて」

結実は絶句した。草市はお盆に仏様の前に飾る笹《ささ》や、迎え火に焚《た》く苧殻《おがら》、位牌《いはい》の前に供える野菜や果物、穀物、ひょうたんやほおずきなどを売る市だ。年に一度、里帰りなさるご先祖様を迎えるための市で、刀を抜くなんて罰当たりなことは、これまでなら考えられない。

草市を仕切っていた栄吉たち町火消しは、突然始まった斬り合いを止めようと中に入った。すでに、足軽ひとりと中間ふたりは血を流して倒れていたという。

素手でのけんかなら負けないが、刀を持った相手では分が悪く、たちまち寅次郎、金治、太助の三人が斬りつけられた。

「栄吉、たいした剣技だったというじゃねえか」

坂巻が腕組みをほどいて栄吉を見る。栄吉はひとりで木刀をふるい、五人の浪人をたちまち打ち据えたという。

「で、あいつらは何者だったんですか」

「とっつかめえてみたら、金で雇われた浪人五人よ。誰に雇われたかはわからねぇとほざきやがる。浪人が金で人殺しを請け負うとは世も末だな」

浪人が斬った足軽は即死。もうひとりも瀕死《ひんし》の状態で中間のひとりはなんとか助かりそうで今、別の診療所で治療を受けているという。

「足軽と中間を斬ったところで、何も変わりゃしねえのによ」

誰が浪人を雇ったかはわからないが、やはり天狗党がらみの事件だろうと坂巻は言い、やれやれと首のうしろをなでた。

「江戸も京のように物騒な町になるんじゃないでしょうな」

正徹が奥から出てきて、坂巻の前に座る。すかさず、絹が冷たい麦湯をいれた湯飲みを皆に配った。坂巻はひと息で麦湯を飲み干した。

「正徹さん、京の情勢について聞いておられますか」

「多少は耳にしていますが……先月、京の旅館で大勢の死人が出たそうですな」

「さすが、耳が早い。池田屋《いけだや》という旅館に、長州藩や土佐藩の尊皇攘夷《じょうい》派が潜伏していたらしく、新撰組が襲撃し、ばっさりやったとか。血の海だったそうな」

正徹が、重傷の寅次郎も助かりそうだと請け合うと、坂巻はほっとしたように鼻の下をこすり、騒動を止めようとして怪我をした寅次郎たちには、町奉行から褒美をだしてもらわなきゃなと言い残して、帰って行った。

しばらくして、すずが結実の袖《び》をひき、耳元にささやいた。

「同心の坂巻さん、お手先にならないかって、栄吉さんに言っているんだって」

「岡《おか》っ引きになれってこと⁉」

しっとすずが口に指をあてる。

岡っ引きには、元悪党も少なくないが、栄吉なら町の人々に頼りにされる上上吉《じょうじょうきち》の岡っ引きになるに違いない。情に厚く、腕もたつ。町火消しの纏《まとい》持ちでお上の御用もつとめる男前……ぽわんと結実の胸があったかくなる。

「でも栄吉さんは断っているんだって」

「どうして？」

すずが「さぁ」と目をしばたたく。

「火事と泥棒じゃ、町の火付盗賊改方《ひつけとうぞくあらためかた》になっちゃうか。忙しすぎて、梯子《はしご》乗りの稽古も、道場に通うこともできないよね」

ふたりは栄吉をそっと盗み見た。

栄吉は、書斎に移された寅次郎の枕元に座っていた。

寅次郎の親兄弟がかけつけると、源太郎は手際良く症状を説明し、予断を許さぬ状況なので、しばらく大地堂で預かると伝えた。

「痛みは我慢するな。やせ我慢などへの突っ張りにもならねえ。辛《つら》いときには、迷わずこの薬を飲め。ぴたっと痛みが止まるようなもんじゃないが、少しは楽になる」

源太郎はそういって、金治と太助に痛み止めの薬を渡した。栄吉も、金治と太助と並んで深々と頭を下げた。それから栄吉は、すずを手招きした。

「今日はありがとよ。……寅次郎のこと、よろしく頼む」

すずの肩に手をおき、栄吉は帰っていった。

すずと栄吉は家が近く、幼なじみでもある。すずと同じように、一生懸命傷の手当てをしたのに、自分にひとこともなかったことが結実はちょっとさびしかった。

三

外に出ると夕風が吹いていた。絹が蚊遣《かや》りを畳廊下におく姿が見えた。

そのとき、庭の奥のほうで人影が動いた。

「誰？　そこで何をしてるの？」

「……何をしてるって、どくだみ干しです」

どくだみの束を抱えながら章太郎が立ち上がった。物干しに、ずら〜っとどくだみの束が並んでいる。はしっこには、泥をおとした真っ白な根っこもぶらさがっている。

「章太郎、ひとりでやったの？　あんなにたくさん？」

「せっかくとったものを無駄にはできません。どくだみだって浮かばれません」

手をくんくんと嗅《か》ぎ、章太郎は盛大に顔をしかめた。

「ご苦労さんだったな。これで当分、どくだみは不足しねえや」

下駄をならして、源太郎が出てきた。手に露草《つゆくさ》を持っている。

その日の夕食前に、書斎をのぞくと、寅次郎の枕元に青い水が浮かんだびいどろの器がおいてあった。露草が三本ほど活《い》けられている。

「いいでしょ、あれ。あの色水、露草をつぶして源兄ちゃんが作ったんだ……寅次郎さんが好きな花は露草なんだって。露草の色水も好きなんだって」

章太郎が隣にきて結実にささやく。

「源兄ちゃんは、いろんなことを寅次郎さんに聞いてたよ。好きな女がいるなら看病してもらえ、遠慮はいらねえ、俺が内緒でよんで来てやる。なんて」

結実は、章太郎の頭をぴたんとはたいた。

「おませな口をきいて」

「こっからがいいとこなのに……教えるのやめようかな」

章太郎が口をとがらせる。結実はすかさず、「教えて!」と手を合わせた。

「……寅次郎さんが笑ったんだ。そんな女はまだいねえやって。それまで、うんうん呻《うめ》いていたのに。そしたら源兄ちゃん、早く傷を治して女を作らなきゃな、って。寅次郎さん、泣いてた……。傷が深くて痛いから、寅次郎さん、不安でいっぱいだろうって。好きなもんがひとつでもあったほうがいいって、源兄ちゃん、露草を摘んであげたんだ。……寅次郎さんが喜んでくれたらいいけど」

お膳につくなり、例によって、がつがつとご飯をかきこみはじめた源太郎を、結実は不思議なものを見るような目で見つめた。

第五章　むすび橋

一

いつもの年なら秋の気配が感じられる時季なのに、葉月《はづき》の半ばになっても残暑は厳しい。

「ごめんください」

玄関で甲高い声がした。奥でどくだみの葉を刻んでいた結実とすずは、はっと顔を見合わせた。声に聞き覚えがある。

「御無沙汰しております」

女はしおらしくいって、部屋に上がるなり、風呂敷から重箱をとりだした。

「お口汚しに少しばかり」

「まあ、いつも恐れ入ります」

「商売ものですので、お気遣いなく」

女は小松町の餅屋「浜田屋《はまだや》」のくにだった。細面で目がつりあがっている。右目のきわに泣きぼくろがあり、それが顔にほんのり柔らかさを加えていた。くにはうなじを手巾《しゅきん》でおさえ、扇子をせわしく動かし始めた。

「子を孕《はら》んだからでしょうか、どうにも暑くて……」

冷たい麦湯をすすめながら、結実はぎょっとして首をすくめた。くには結実に微笑《ほほえ》む。笑うと目が糸のようになり、きつねのお面そっくりになった。真砂の眉が上がった。

「子を?」

「そうなんです。月のものがずっと止まっておりまして……」

くにには三年前、十九歳の葉月に男子・金弥《きんや》を出産した。命が危ぶまれるほどの難産で大量に出血し、もう妊娠はのぞめないだろうと思われた。

しかし金弥は、お七夜を迎えることなくこの世を去った。

「最後の月のものは昨年の霜月《しもつき》でしたのよ」

子どもは十月十日で生まれると言われ、最後の月のものが終わった日から二百八十日と数える。今は葉月だから、霜月から丸九月たっていた。

「春にはつわりもありまして、おなかもほら、ふくらんできましたの」

くには喉を鳴らして、麦湯を飲み干した。

促され、くには帯をとき、横になる。

真砂はラッパ型の木製聴診器を取り出した。この聴診器は長崎のオランダ医が二十年ほど前に日本に伝えたものだ。正徹が診察に用いているのを見て、真砂も同じようなものを職人に作ってもらい、赤ん坊の心の臓の音を聞くために用いている。

真砂は慎重に聴診器を腹にあて、さらに乳房の状態などを確かめる。

「生まれるのは今月でしょうか。それとも来月？」

着物をつけ直したくには、座布団に座り直し、袖をいじりながら真砂に尋ねた。

「残念ですが、赤ん坊はおなかにおりません」

真砂は短く息をはき、低い声でいう。くには眉をひそめた。

「……いないはずがありません。身体《からだ》が変わってきたのがわかりますもの」

「……赤ん坊がほしいと願うあまり、身体がそう思い込んで……」

くには上目遣いに真砂をぐっとにらむ。

「なぜ信じてくれないんです」

「信じるも何も……もし赤ん坊がいるなら聞こえるはずの心の臓の音が……」

「先生、あたしのこと、まさか小間物屋のおひろさんと同じだなんて思っているんじゃないでしょうね」

くには真砂の言葉をぴしりとさえぎった。

桶町の大きな小間物問屋の家付き娘のひろは、人形にさやと名付け、どこにでも連れ歩く奇行で有名だった。人形のさやに、季節ごとに呉服屋でかわいらしい反物を見《み》繕《つくろ》い、着物を新調してやる。食事のときには小さなお膳も用意する。花見や紅葉狩りにも、さやを抱いていき、縮緬《ちりめん》の小座布団に座らせる。童歌を歌い、絹の布団に寝かしつける。親も亭主もさやを人扱いし、万が一にも誰かが「それ、人形だろ」と口にしたりしないように、出入りの者などにもきつく口止めを頼んでいる。

さやは、五歳の時に神隠しにあったひろの娘の名だった。

江戸では、迷子や人買いが少なくない。町に置かれた迷子石に名前を書いた紙を貼り、再会できる親子もいるが、それっきり子どもと生き別れになることも多い。

さやの場合もそうだった。岡《おか》っ引《ぴ》きが探し回り、各町の覚え書きに似顔絵を貼り、考え得るあらゆる手をつくしたが、行方はわからず、二年がたつ。

ひろは人形をさやと思うことで、なんとか生き続けていた。

「今度こそ、ちゃんと産んでみせます。もう結構です」

早口でまくしたてると、くには、ばしんと戸をしめて帰って行った。

昨年も、一昨年も、同じことがあった。今度で三度目だ。腹に子はいないと真砂が首を横に振ると、くには怒りをあらわにして帰って行く。いく月かふさぎこみ、家に引きこもり……また次の年、くには月のものがなくなったと真砂の元にくる。

「ほんとのことを伝えるのが結局はその人のためですから」

真砂はそう言うが、結実は、騒ぎを繰り返すたびに、くにの心の傷が大きくなっているような気がしてならなかった。いつか傷のかさぶたががさりと根元からはがれ、傷口がふさがらなくなってしまうのではないか。だからといって、産婆《さんば》が偽の身篭り話にのるわけにはいかないのだけれど。

「これ、どうしましょう」

すずが重箱を見た。真砂がふたをあけると、赤飯に南天の葉が添えられていた。

「せっかくだからご馳走《ちそう》になりましょう。結実、これを本宅に持っていって。お重箱は、長助に頼んで、返しにいってもらってちょうだい」

結実が庭に出ると、章太郎と源太郎が立ち話をしていた。ふたりは石の際で咲いている竜胆《りんどう》と、手にした冊子を交互に見比べている。

「あ、姉さん、見て。これ」

章太郎が冊子をさしだす。結実は息を呑《の》んだ。そこには本物をそのままそっくり写したような竜胆が描かれていた。どの丁にも様々な植物が驚くほど繊細に描かれている。花びらの細やかな形、葉の葉脈、根の姿まで絵にしてある。

「岩崎灌園《いわさきかんえん》の『本草図譜《ほんぞうずふ》』だよ」

源太郎は昨日、寅次郎の往診の帰りに、浅草・材木町の実家まで足を伸ばし、章太郎のためにこの冊子を持ってきてくれたという。

「うちの書棚で埃《ほこり》をかぶってるより、章ちゃんに読んでもらったほうがいいからな」

岩崎灌園は各地で多くの植物を写生し、分類を行った著名な本草学者《ほんぞうがくしゃ》だ。

本草図譜は、岩崎の描いた植物図と解説をまとめた高価な本だった。

「きれいで正確なんだ。ほんものをよく見て、描いてるんだ」

章太郎の大きな目が輝いている。

「よかったね。章太郎。……源ちゃん、ありがとうね」

いやといって照れたように頭をかいた源太郎が重箱に目をとめ、指さす。

「中身は？」

「お赤飯」

「おおっ。お産のお礼か」

「いや、そうじゃないいんだけど。……浜田屋のお赤飯だから絶品よ」

「……あ、ああ……まさか今年も⁉」

結実の浮かない顔を見て、源太郎はくにの偽の身篭りを思い出したらしい。源太郎の眉が八の字になった。

「気の毒に……よほど思い詰めてるんだな」

「何だか心配で……もう三回目でしょ。このままじゃ、おくにさんの気持ちが壊れちまわないかって」

「次の子を早く産めって、まわりにせっつかれてるわけじゃないんだろ」

「前に会ったときには、ご亭主も、ご両親も、子がなくても仲のいい夫婦はいっぱいいるって、口を揃《そろ》えておくにさんに言い聞かせてた。寝ても覚めても、赤ん坊のことを思ってしまうおくにさんのことをすごく心配して……」

「子どもを失うのは、つれえよなぁ」

「うん……ほんとに」

七人も八人も子を産む女がいる一方、やっと子が宿っても、流れることもある。金弥のように育たない子もいれば、流行病《はやりやまい》であっけなく命を落とす子もいる。章太郎のように、不自由な身体で生まれてくる子もいるし、お産でなくなる母親や子も少なくない。人の生き死には思うようにならない。

二

その日、結実たちはてんてこまいだった。

早朝、浜町《はまちょう》の絵双紙屋の女房ちよが産気づき、真砂とすずと三人で駆けつけた。

昨年、ちよは後妻に入り、すぐに懐妊した。それ自体はめでたいことではあったが、ちよは三十五歳と高齢での初産で、難産になりかねない。三十五歳といえば、当節、早い人は孫がいておかしくない年齢である。

実際、ちよには試練さながらの日々が待っていた。つわりがひどく、米が炊ける匂いをかいだだけで気分が悪くなり、黄色い胃液まで吐いた。

たちまちげっそりとやせて、つわりが終わるまで、床から出られなくなった。つわりが治まり、ほっとしたのもつかの間、出血があり、子が流れる恐れがでてきたため、また安静を強いられた。それを二回ほど繰り返した。

亭主の清七郎《せいしちろう》は前妻との間には子どもがなく、待ち焦がれた己の子どもだったこともあり、精がつくようにと、ちよのためにせっせと美味《おい》しいものを取り寄せた。

つわりの間は寝て暮らし、その後も食べて寝ての繰り返し。つまり、ちよは子ができて以来、ほとんど動かず横になって過ごしたわけで、ちよは太り、腹の子も大きく育った。

ただでさえ、年齢がいくほど産道は硬くなりがちで、太れば産道にも脂がつき、お産は大変になる。危ぶんでいた通り、ちよのお産はなかなか進まなかった。昼になっても陣痛が弱いままで、間隔も早まらない。

そのとき、本宅の下男である長助が息せき切って絵双紙屋に現われた。

「おいねさんが産気づきやした」

結実とすずは顔を見合わせた。いねは事情があって臨月に入ってから真砂の家で預っている、常盤町《ときわちょう》の建具師の娘だった。

「とりあえず、おうめさんがそばについておりやすが……」

おうめは本宅の通いの女中で、ちよと同じ三十五歳だ。十四歳で住み込みの女中となり、四年間、結実の実母・綾に仕えた。十八歳で新場《しんば》の魚問屋に勤める宇吉《うきち》と夫婦になり、十六歳を筆頭に三人の男の子を産み育てた。子どもたちが全員、奉公先に落ち着いた昨年、再び山村家の女中として戻ってきた働き者の女だった。

「結実、おいねさんを頼めるかい」

真砂は、ちよの腰をもんでいた結実にいった。

「こっちは難しいお産になりそうです。おすずの手もほしい。……おいねさんは初産ですからまだ時がかかるでしょう。おちよさんのお産が済み次第、すぐに家に戻ります」

「……はい」

「何かあったら、迷わず、正徹先生や源太郎を頼りなさい。手順はわかってますね」

結実は長助とともに、早足で霊岸橋《れいがんばし》を渡った。ひとりでお産をみるのははじめてだった。順調なお産ならいいが、そうでないなら……いや、大丈夫。いねのお産が始まる前に、きっと真砂とすずは戻ってきてくれる。それまでしっかりやればいい。結実は唇を一文字にして、自分に言い聞かせた。

いねは奉公していた材木屋で、女房持ちの番頭と深間となり、子を孕んだ娘だ。母親と共にいねが真砂を訪ねてきたのは、庭のつつじが満開になったころだった。

「泣いてもしょうがないんだよ。どうやったって育てられないんだから。迷っているうちに、にっちもさっちもいかなくなっちまう。了簡《りょうけん》するより他ないんだ」

たまらず噎《むせ》んだいねを叱りつけ、母親は中条流を紹介してほしいと頭を下げた。

「子堕《こお》ろしも命がけですよ」

真砂は静かに言った。母親は額を畳にこすりつけんばかりになった。

「真砂先生のご紹介なら、そんなことは……ですからどうぞ……」

「中条流に頼るしかない。そういう事情があることはわかりました。でも、子堕《お》ろしで死ぬことも、二度と子が持てなくなることだってあるんです。そのこと、覚悟してますか」

「まったく……馬鹿な娘で……」

母親は手ぬぐいで目をおおった。いねは声もなく泣いているだけだ。

しばらくして、真砂はいねとふたりで話したいといった。

「いねと？　いねの母親のあたしが頼んでいるんですよ」

「腹の子の母親はおいねさんですよ。気持ちをちゃんと聞いておかないと」

不満げに口の中でぶつぶつ文句を並べた母親を、結実は本宅の居間へ連れて行った。

結実が戻ってくると、真砂はいねと庭の縁台に腰掛けていた。

「わかってます。うちじゃ、とても育てられないって……」

いねは自分の腹をさすりながら、つぶやく。童顔なのに、一重まぶたの奥にはどきっとするような色気が宿っている。いねは膝の上においた手をぎゅっと握っていた。

「おっかさんのいう通り、大馬鹿です、あたしは。あの人のことをすっかり信じちまったんだから……」

　真砂は黙って、いねの言葉に耳を傾けている。

　番頭は、十八歳のいねの手をとり、「おまえといると、ほっとする。おまえこそ、わたしの思い人だ」「女房とは家で話もしない。あんなのはもう女じゃない」「いつかおまえを女房にする。きっとだ」など、耳元で甘い言葉をささやき続けたという。だが、子ができたと知ると、手の平を返し、いねを避けるようになった。

　困り切ったいねは親に打ち明けるしかなかった。建具師の父親はふしだらな娘だといねをなじり、相手に落とし前をつけさせると息巻き、材木屋の主《あるじ》に直談判にのりこんだ。だが、番頭は女房と別れるつもりはないとはねつけ、いねのほうから自分を誘ったとまでいった。奉公先をやめたのはいねだけで、今も番頭は店で働いている。

　甘い言葉は嘘《うそ》っぱちで、いねに残されたのは、番頭がしぶしぶ出した少しばかりの金と腹の子だった。いねの父親は二年前に病で倒れ、往時の半分も仕事がこなせず、夫婦で食べるのがやっとの暮らしだという。いねが女中奉公をしても給金は雀《すずめ》の涙で、子どもを育てる余裕はない。

「でも、だんだんこの子がかわいくなって……」

　いねはお腹《なか》をそっとさすった。

「自分をおもちゃにした男の子どもでも？」

真砂はわざと小意地の悪い言い方をした。

いねは一瞬ためらったが、こくんとうなずいた。

「……番頭さん、あたしとのことは、なかったことにしてくれって言ったけど……あたしが番頭さんを誘ったなんてひどいことも言ったけど。でも、朋輩にきついこと言われたり、意地悪されたりしたときに、かばってくれたりもしたんです。おかみさんに叱られて泣いていたときにも励ましてくれたんです」

「でも、女房の元に帰った」

「そう……」

「だったら……」

いねは目を見はって、きっと真砂をにらむ。

「……始末するって、腹から出すことでしょ。生かしておかないってことでしょ。間引くってことでしょ。……うちは貧乏で今でさえかつかつなんだから、これ以上口が増えたら干上がっちまう。その上、父《てて》なし子なんて抱えたら、あたしのお先も真っ暗だって……。わかってる。そんなことは。でもほんとにかわいそうだよ、この子は。生まれる前におまえなんかいらない、死ねって言われてるんだから」

堰《せき》をきったように、いねの思いが言葉となって溢《あふ》れ出た。

「……この子は、入る腹を間違えちゃったんだ。ちゃんと所帯をもった人の腹の中に入ればよかったのに。そしたら喜んで産んでもらえたのに……せめて赤ん坊に食べさせるだけの稼ぎがある人だったらよかったのに……そういう人のお腹に、この子が今からでも飛んでいければいいのに」

いねは袖のたもとで目を押さえた。真砂はいねをじっと見つめている。

「おいねさんの言う通り……。この子はうっかり入る腹を間違えてしまったのかもしれないねぇ……」

それから真砂はいねの両手をとり、顔を引き締めた。

「おいねさん。これからいうことをよく聞いてちょうだい。世の中には子どもができない夫婦がいっぱいいるって、知ってる？　中には、自分の子どもでなくてもいいから育てたいと思っている夫婦もいるって」

いねの手を真砂はお腹に導いた。真砂の手がゆっくりといねのお腹をさする。

「この子は、預かり子なんじゃないかしら」

「預かり子？」

「そう。子どもがほしいと思っている夫婦からの……」

いねの口がぽかんとあいた。

「それって……産んだら誰かがこの子を育ててくれるってことですか？」

真砂がうなずく。いねの目の縁から、ほろりと大粒の涙がこぼれ落ちる。

「この世にだしてやれるの？」

「かわいがって育ててくれる養子先を、私が見つけましょう。……その子が生まれるのを待っている夫婦を必ず」

それから真砂といねは細かい取り決めをした。

お産の予後にもよるが、出産して七日ほどで赤ん坊を真砂が引き取ること。赤ん坊の養子先はいねに教えないこと。万が一、赤ん坊の行き先を知ることになっても、いねは決して母親面をして会いに行ったりしないこと。お産のことを人に知られないために、臨月になったらいねは真砂の家に引っ越してくること……。

いねの母親は、さっさと子どものことを忘れ、出直すことこそいねの幸せだと反対した。産んだら情が移り、赤ん坊を手放すことができなくなるかもしれないと心配もし、なかなか首を縦に振らなかった。

けれどいねは産むといって譲らず、最後に母親は折れざるをえなかった。

「生まれてきたのが女の子だったら、養子先を見つけるのは難しいですよ」

「もし、身体が不自由だったりしたら……養子先はみつかるんでしょうか」

いねと母親が帰ると、結実とすずは口々に真砂に迫った。

養子を迎える家は、真砂の言うとおり少なくない。だが跡継ぎとなりうる男子ならともかく、女子を養子にしたいと願う家は滅多になかった。それも五体満足というのが大前提だ。

「なんとかなりますよ。熟して生まれてさえくれれば」

真砂はきっぱりと言った。

いねの妊娠は順調だった。近所の人たちに、「おいねちゃんちょっと肥えたか」とからかわれるくらいお腹も目立たなかった。

いねは、真砂の家にきて十日が過ぎていた。

三

結実が戻ると、うめはすでに部屋に油紙を敷き、力綱を梁《はり》に結びつけ準備を整えていた。いねは重ねた布団に背中を預けている。

「きたきた！……おいねさん、結実ちゃんが戻ってきたからもう安心だよ」

うめは結実の顔を見るなり、ほっとしたように言った。すでに竈《かまど》から湯気がたっている。竈の前にいたのは絹だった。

「あれ、結実だけ？　おっかさまは？」

「向こうのお産がまだなの。だから、とりあえずあたしが……」

「あらら」

絹は唇をかむと、長助を呼び寄せる。

「長助。帰ったばかりで申し訳ないけど、常盤町までおつかいをお願いします。おいねさんのおっかさんにお産がはじまったって伝えてきておくれ」

「へぇ。いってめえりやす」

長助は、正徹が大地堂を開いた嘉永五年（一八五二年）から十二年勤めている通いの下男だった。早くに女房を亡くし、男手ひとつで育てた娘のしのは、富島町《とみじまちょう》の小間物屋に嫁いだ。長助も五十五と年なので、そろそろ勤めをやめて一緒に暮らそうと娘に言われているが、働ける間は働くと北島町の裏店《うらだな》でひとり暮らしを続けている。

うめと長助は結実にとって甘えられる家族のような存在でもあった。

「向こうのお産が終わるまで……結実、しっかりおやんなさいよ」

絹は結実の肩をぽんとたたいた。

いねの陣痛の間隔は次第に短くなった。思ったよりずっと早く進んでいる。四半刻《しはんとき》（三十分）に三度陣痛が襲ってくるようになると、いよいよ本格的なお産だった。

真砂とすずは帰ってこない。待ったなしとなったら、自分がひとりで取り上げなくてはならないと結実は静かに覚悟を決めた。

「ごめんくださいませ」

入り口の戸ががらりと開き、女の声がした。

「浜田屋のおくにさんがいらしてますが」

うめが部屋に入ってきて結実に耳打ちした。こんなときにと、結実は眉根をよせた。

うめにいねを頼み、結実が出ていくと、くには一気にまくし立てた。

「やっぱり子どもがいるんです。お腹がはって苦しくって……真砂先生は？」

「先生は今、お産で出ております。せっかくおいでいただいて申し訳ありませんが、今日のところは出直していただけませんか」

くには結実を恨みがましく見つめる。

「今、私が言ったこと、聞いた？　苦しいって言ったんですよ」

「はい。でも……こちらもたてこんでいまして」

結実の声が聞こえなかったようにくには上がり框《がまち》にすとんと腰をおろし、思い詰めた表情でうつむいた。唇が震えている。奥の部屋からいねのうめき声が聞こえた。はっと、くにが顔をあげる。

「誰かいるんですか?」

「ですから今……」

「お産なの?」

くにはいねの声がする奥に目をやる。

「ええ……」

くには唇を引き締めると、下駄を脱いであがってきて、茶の間に腰をおろした。

「待たせていただきます。どうぞお構いなく」

真砂の家には、部屋が三つしかない。入り口をあがるとすぐに三畳の板の間があり、その奥に座敷を兼ねている真砂の部屋がある。入り口の右側は流しとかまどを備えた土間で、茶の間に続いている。茶の間の奥の板の間がすずと結実の部屋で、今はいねの出産の間となっていた。

「本宅のほうで待っていただくほうが……」

絹が言った。結実も口を添える。

「ぜひそうなさったほうが」

狭い家のどこにいても、お産の様子は筒抜けだ。ましてや茶の間はいねのお産がはじまった板の間と土間のあいだにあり、くには産婆が行ったり来たりする姿を目の当たりにせざるをえない。赤ん坊がほしくてたまらないくには辛《つら》い思いをするに決まっていた。だが、くには首をふった。

「いいえ。ここで結構でございます」

しばらくは絹がくにの相手をしていたが、客があり、絹は本宅に戻っていった。

いねの陣痛が強くなるにつれ、結実はくにどころではなくなった。

いねは呼吸を使い、上手に痛みを逃がしていた。陣痛の合間に、うめが持ってきた力水をのみ、おにぎりも食べ、体力を保った。

痛みの波が去ると、いねはぽつりぽつりと結実に話しかける。

「お産って思ったよりずっと大変なんだね。こんなに痛いなんて……たまげた」

「もうちょっとよ。もうちょっとで、出てきてくれるから」

「腰がめりめりいってる。頭まで痛みがき～っと駆け上がってくる……」

「痛いときは息をはいてね」

「……おっかさんもこうやって、あたしを産んだんだね。今じゃ憎まれ口ばっかりいってるけど……がんばってくれたんだね……この世に生きてる人がみんな、こうやって生まれてきたなんて。びっくりだ」

「ほんとにそうだよね」

そしていよいよそのときがきた。真砂は帰ってこない。

お願い。無事に出てきて。

結実の願いを神様が聞き届けてくれたのだろうか。いねは二、三度いきんだだけで、赤ん坊をするりと産み落とした。赤ん坊が小さな口を開け、両手をふるわせ、産声をあげたとき、嬉《うれ》しくて結実の目にも涙がにじんだ。はじめてひとりで取り上げたのだ。胸の震えが止まらない。

「おめでとう。かわいい女の子よ」

いねは唇を一文字にしたまま、うんうんとうなずいた。

結実は布で赤ん坊をくるみ、手順を思い出しながら臍《へそ》の緒を切った。

「ちょっと待っててね。産湯をつかわせてくるから」

だが襖《ふすま》をあけると、うめの姿がなかった。

「うめ！　うめ！」

声をはりあげても返事がない。そのとき、くにが後ろから結実の腕の中の赤ん坊をのぞき込んだ。

「さっき呼ばれて、本宅のほうに行かれましたよ。たらいにお湯は用意してあるようですけど……その子……男の子ですか」

「ううん。女の子」

くにの子・金弥は男の子だった。

茶の間にも人の気配はない。産むことを反対していたいねの母親は、娘のお産に来ない気なのだろうか。

「……産湯ですよね」

くにはさっと土間におり、すのこの上に置かれたたらいにすっと手をいれた。

「人肌ですよ」

「ありがとうございます」
二、三度、湯の中で赤ん坊を手ぬぐいでさすったとき、うっといういねのうめき声が聞こえた。
いねの後産《あとざん》が始まったようだった。後産がすんで、はじめてお産は終了する。お産と同じくらい産婆にとっては気を抜けないものでもある。

傍《かたわ》らでのぞきこんでいたくにがばたばたと流しに向かって走り、手を洗い、戻ってきて、赤ん坊に手を伸ばした。

「代ります。私が赤ん坊をお湯に……」

「……お願いします」

一瞬、ためらったが、結実はくにに赤ん坊を渡した。

後産の始末をしながら、自分の赤ん坊を強く待ち望んでいるくにに、いねの赤ん坊の産湯を頼んでよかったのか、結実は改めて不安になった。

身体がそう思い込むほど赤ん坊がほしいと願い続けているくに。

生まれたての赤ん坊を抱いたら、金弥を失った痛みを思い出して、心の傷がえぐられるのではないか。赤ん坊を産んだいねがうらやましくてたまらなくなりはしないか。この赤ん坊がほしい、憎いと思ったりはしないか……。すべての処理がすむと、結実は布団を敷き直し、いねを寝かせ、どきどきしながら襖をあけた。

赤ん坊を抱いていたのは、いねの母だった。くにはその横に座り、頰を紅潮させながら赤ん坊の顔をのぞき込んでいる。

産湯をつかったばかりで、赤ん坊の絹糸のような淡い髪が少し湿っている。かけつけたいねの母に、くには「おめでとうございます」と言い、真新しい産衣《うぶぎ》を着せた赤ん坊を手渡したという。

結実は赤ん坊をいねの横に寝かせた。

「かわいい……」

いねは赤ん坊を引き寄せ、その顔をのぞき込む。

「この子がずっとあたしのお腹にいたんだ」

「うん。おいねさんのお腹の中はきっとすごく居心地よかったのね。すっかり熟れてから出てきてくれたもん」

「出てきたらお別れだから、ずっとお腹の中にいてねって、毎日この子に言ってたのにやっぱり生まれてきちゃって……この子はこの世に出てきたかったんだね」

いねは指で目をぬぐう。

「あたしに少しは似てるかな……」

結実は赤ん坊の目元を指さした。

「このへんがそっくり。おっかさん似の美人さんだね」

「……嬉しいね。……お別れが哀《かな》しいね」

いねの目から大粒の涙がほろりとこぼれた。

四

真砂とすずが帰ってきたのは翌朝五ツ半（午前九時）過ぎだった。

「元気な赤ちゃんだ。おいねさん、よかったね」

ふたりはまっさきにいねの枕元に行き、赤ん坊を見て笑顔になった。

ちよの出産は片時も気を抜けなかったほど難しかったらしい。

「一貫目（三・七五キログラム）もある赤ん坊だものねえ」

子どもが大きかったため、ちよの出血がひどかったという。

「傷がすっかり治るまでは時間がかかるかもしれませんね」

「きれいに治ればいいけど」

疲れた表情で、真砂はつぶやく。

ときおり、いねの小さなうめき声が聞こえる。子どもを産み終えると、これまでひろがっていた腹が元に戻ろうとする痛みがしばらくの間、続く。

赤ん坊との時間は七日と限られているからか、いねはなめるように赤ん坊の世話をした。産後でへとへとのはずなのに、眠る時間さえ惜しんで、ずっと赤ん坊の顔を見つめている。いねの母はお産のときに来たきりだった。情がうつるからと、父親は一度もこなかった。

「桜貝より小さな爪ですね」

　章太郎はしょっちゅう、赤ん坊を見に来る。その日は赤ん坊の手をさわり、細く小さな指を感心したように見つめた。

「私にもこんな妹がいたらいいのに……」

「妹がいたら、章太郎はうんと甘やかしちゃうね」

　結実が苦笑しながら言う。

「はい。何でも言うことを聞いてやります。姉さんは？」

「あたしもこれでもかってくらい、かわいがるわよ。でもあたしとじゃ、姉妹というより、親子みたいよね」

「確かに」

　結実は「これっ！」と章太郎の膝をうつまねをする。

　入り口から「こんにちは」というくにの声が聞こえた。

「またおくにさんですか。このところ、頻繁にいらっしゃいますね」

「おくにさんが産湯をつかわせてくれたの。だから気になってならないんだって」

くには毎日やってきて、いねが赤ん坊の世話をするのをじっと見守り、おむつなどの洗濯をかってでている。産衣を縫って、持ってきたりもする。

お産から七日目は、本来ならば赤ん坊に命名をし、尾頭付きの鯛《たい》や赤飯でお祝いをするお七夜の日だ。だが、いねにとっては赤ん坊との別れの日だった。

その朝早く、かたりという音がしたような気がして、結実は目を覚ました。はっとして横を見ると、いねが寝ていた布団が空っぽだった。赤ん坊の姿もない。厠《かわや》にもいねはいない。

「おすずちゃん、起きて。おいねさんが赤ん坊といなくなっちゃった」

「なんですって」

半纏《はんてん》をはおり、外に出るなり、結実とすずは足をとめた。

いねは赤ん坊を抱いたまま、庭を歩いていた。まだ朝日はささず、東の空に金色の星が光っている。

「ねんねんころりよ　おころりよ　あ〜ちゃんはよい子だ　ねんねしな」

いねは赤ん坊の顔を見つめ、子守歌を低い声で唱《うた》っている。いつからか、いねは赤ん坊をあ〜ちゃんと呼んでいた。

「……あ～ちゃんを置いてなんて、行けないよ。……あ～ちゃんを抱っこしてふたりで逃げちゃおうか」

　そうつぶやきながら、いねはふらりと門を出て行く。結実とすずはその後をそっと追う。まだ木戸が閉まっているので、いねが町から出る心配だけはない。

　いねは楓川《もみじがわ》にかかる橋のたもとに来ると、傍らの石に腰をおろした。

「もうすぐ夜が明けちまうねぇ。夜が明けたら、私はあ～ちゃんのおっかさんじゃなくなっちまう。……おっかさんがもっとちゃんとしてたらよかったの。……誰かと祝言をあげて、それからだったら、あ～ちゃんと一緒に暮らせたの。ずっと育てられたの。……一等悪いのはおっかさんなんだ。ごめんね、堪忍してね」

　ぐずりだした赤ん坊に、いねは乳房をふくませた。闇の中にはっとするほど白い乳房と満足げな赤ん坊の顔が見える。いねはずっと赤ん坊に語りかけている。

「あ～ちゃんが誰かの子になっちゃうなんて、そんなの、やっぱりいやだ……一緒に死んじゃおうか。あの世で、ふたりで暮らそうか」

　ぞっとして結実はすずと顔を見合わせた。闇が淡くなり、東の空が東雲色《しののめいろ》に染まりはじめた。いねは赤ん坊を抱きしめ、立ち上がり、楓川を見つめている。結実とすずの脳裏から身投げという言葉が離れない。

「……こんなちっちゃな川じゃ、死ねないね。大川、せめて日本橋川じゃないと。……でも、あ〜ちゃんを川になんか入れられない。川は冷たいもの……あ〜ちゃんを抱いてふたりでこの橋を渡って、家に帰りたかった……」

いねは胸元から長い紐《ひも》のついた小さい布袋と何かを取り出した。朱色のその袋を見て、結実ははっとした。赤ん坊が寝ついたわずかな合間に、いねは裁縫道具を貸してほしいといい、ちり紙などを入れていた袋に鋏《はさみ》を入れていた。朱色の菱《ひし》文様の巾着袋だった。それから、いねは一心に針を走らせていた。

「あ〜ちゃんを産むときにあたしの髪を結んでいた苧麻《からむし》を持って行ってね。魔除けになるから。無病息災の菱文様もあ〜ちゃんを病から守ってくれるよ」

いねが縫っていたのは守り袋だったのだ。そしてもうひとつ、胸元から取り出したのは苧麻だ。いねは、守り袋と苧麻を掌《てのひら》にのせ、念をこめるように一度押し頂いた。

それから苧麻を守り袋に入れ、赤ん坊の首に紐をかける。

それから、いねはまたたきを忘れたかのように目を開き、赤ん坊の顔を見続けた。

いねは町が白々と明るくなる前に、真砂の家に戻った。

結実とすずの寝床が空なのを見て、いねは振り向いた。

「出て行ったの、知っていたの？　そっとしていてくれたの？」

結実はうんとうなずいた。いねはすとんと腰をおとすと、赤ん坊をきゅっと抱きしめ、顔をふせた。

「身を切られるかのよう……朝がこんなに辛いなんて……」

いねはそれからも赤ん坊をずっと抱いていた。

ひとつ、結実はいねに頼んでいたことがあった。別れるときには赤ん坊に笑顔をみせてやってほしい、と。赤ん坊は覚えていないかも知れない。けれど、もし覚えているとしたら、それはおっかさん・いねの笑顔であってほしかった。

母・綾が死ぬ前に、ふっと微笑んでくれたことが、結実の救いでもあったから。

「なんてかわいい……」

いねは涙でいっぱいの目で赤ん坊に笑いかけ、それからほっぺたを指でそっとつっついた。

「どこにいてもおっかさんはあ〜ちゃんのこと、思ってるから」

いねは迎えに来た母親に身体を支えられるようにして家に戻っていった。角を曲がるとき、いねは一度だけ振り向いた。赤ん坊の幸せを祈るように手をあわせ、伏して拝んだ。

いねは身体が戻り次第、野田《のだ》で醤油屋《しょうゆや》をやっている親戚の家に奉公に出るという。しばらくの間、たけが通って赤ん坊に乳を与えてくれるが、そう長くは頼めない。

赤ん坊の養子先は、真砂がすでに二軒の家にあたりをつけていた。

候補に挙がっているのは小網町の湯屋の夫婦と浅草天王町《てんのうちょう》の下駄屋の夫婦だった。湯屋の夫婦は祝言をあげて七年、下駄屋の夫婦は八年、子がない。どちらも夫婦仲はよく、評判もよかった。だが、湯屋の主が断りにきた。養子を迎えるという話を主の弟にしたところ、弟の三男をもらえることになったという。

「弟が、なに水くさいことを言ってんだ、と言ってくれまして……。それにせっかく養子を迎えるなら、女の子ではなく、男の子のほうが」

下駄屋も男の子がいいといって、この話はなかったことにしたいと言ってきた。

「もらい子をするなら、やっぱり男の子なのかぁ」

結実はいねの娘を抱きながら口をとがらせた。

「女の子は嫁にいっちまうから、おいおい面倒を見てくれる息子がいいんでしょ」

すずがおむつを畳みながらいう。

「世の中の半分は女なのにねぇ」

すずと結実は嘆息をもらした。

五

くにと亭主の彦一《ひこいち》、その両親が黒紋付き姿で訪ねてきたのは三日後のことだった。

「おいねさんの子を私に下さいませんか。大切に育てます。……産湯をつかわせたあの日から、この子がうちに来てくれないものかとずっと願っていました。金弥の分までかわいがります。金弥がこの子を連れてきてくれたような気がするんです」

くには三つ指をついていった。彦一が続ける。

「おくには変わりました。この子が生まれた日から、店の手伝いも家事もする。赤ん坊の産衣を縫う。何より笑うようになりやした。前のおくにが戻ってきてくれやした。この赤ん坊がおくにをもう一度生きさせてくれたんです。どうぞ、この子をうちで育てさせていただけやせんか。わが子と思って育てます」

「かかあもおいらも同じ気持ちです」

くにの両親が頭を深々と下げた。

真砂は結実が抱いていた赤ん坊をのぞき見て、ふわりと笑った。

「さあ、おうちに行きますよ。おっかさんとおとっつぁん、ばあさまとじいさま、みんなでおまえを迎えに来てくれましたよ」

「真砂先生……」

「さぁ、おくにさん」

くには膝を結実の前に進めた。手を伸ばして、結実から赤ん坊を受け取ったくにの目から涙がほろほろとこぼれ落ちた。くにが思わずつぶやく。

「なんてかわいい……」

それは、いねが別れ際に赤ん坊を抱いてつぶやいたのとそっくり同じ言葉だった。

「これでおくにさんも落ち着いてくれればいいけど」

赤ん坊を抱き、帰っていく一家の後ろ姿を見送りながらすずが言う。

「心配はいりませんよ」

真砂がいった。結実もそう思う。

金弥をお腹に宿したときから、くにはずっと母親だった。

金弥を失い、くにの身体と心は泣き叫び、ばらばらになった。偽の身篭りもそのせいだ。だが、くには誰よりわかっていたのではないか。腹に子などいなかったことを。

あふれだす悲しみを止める何かが必要だった。

「おいねさんは大丈夫でしょうか。忘れられるでしょうか」

「つらいときもあるでしょうねぇ……」

真砂は言葉を飲み込んだ。

いねは自分が産んだ赤ん坊のことは決して忘れないと結実は思う。くにが金弥を忘れなかったように。十月十日お腹に抱えて過ごした。抱いてあやして乳房をふくませた。離れて生きることになっても、いねはいつもあの子の幸せを願うだろう。

夕方、蜩《ひぐらし》が鳴いていた。結実は庭に目をやった。立木のどれかで鳴いているらしい。季節がひとつめぐった気がした。


くには、赤ん坊に米《よね》と名付けた。

「稲に実るのは米だから。……いつかこの子に養女だということを話す日がくるでしょう。そのときに実のおっかさんのおいねさんから名をとったと教えてやりたくて」

くには米を連れ、たけの元にせっせともらい乳に通い、夜は神田豊島町《としまちょう》の米屋《こめや》吉兵衛《きちべえ》が販売している「白雪《はくせつ》こう」でしのいでいる。家に閉じこもってばかりで真っ白だったくにの肌は少しあさ黒くなった。

世の中はこの間も動いていた。

昨年、京から追放された長州藩は、復権を目指して挙兵し、京都御所におしかけた。これを阻もうとする宮門警備の会津藩、薩摩藩と蛤御門《はまぐりごもん》で交戦になり、長州藩は敗北したという。

この騒動を受けて、幕府は全国各地の長州藩出先機関の没収・取り壊しを命じ、江戸城・日比谷御門の外側にあった長州藩上屋敷も消滅した。

第六章 かりがね渡る

一

真砂が不在のときや正徹が往診に出かけているときに限って、お産がはじまったという連絡が来たり、大怪我《おおけが》の患者が運び込まれてきたりする。

「手が空いていたら、手伝ってほしいそうです。源太郎さん、今おひとりだっていうのに急患が入ってきて」

長助が呼びに来たのは、長月《ながつき》に入ってまもなくの晴れた日だった。真砂もすずも往診にでかけていたので、結実がひとり診療所に走って行くと、腕を骨折した大工と足首をねんざした女の子が奥の診察台に寝かされていた。

幸い、大工は単純な骨折で、骨を接《つ》ぎ、添え木をあてるとだいぶ痛みが和らいだようだ。女の子も湿布薬をはり、足首を固定させ、晒《さらし》を巻くと涙が止まった。

だが急ぎで入ったふたりのために、待合は診察を待つ人でいっぱいになった。

「傷口を水で洗って」

「葛根湯《かっこんとう》をもたせてやってくれ」

「目薬をさして。それじゃなく、そう、そっちだ」

「きつく晒を巻いといてくれ」

源太郎の指示で、結実はくるくる働いた。

ようやく患者さんがだいぶかたづき、診療所にほっとした空気が流れたときに入ってきたのは、万町の箸問屋「梅本《うめもと》」の主《あるじ》・喜三郎《きさぶろう》だった。

首の付け根にできたおできが膿《う》んで、痛くてたまらないという。

「ああ〜、これは切らねえと治んねえなぁ」

源太郎が診察するなりいった。毛穴の中にできたぐりぐりした硬いしこりのせいで、まわりが赤くなり熱を持っている。

「切るんですか、首を？」

喜三郎は大きな二皮目をむいた。こぼれそうなほど大きなぎょろ目だ。

「皮を少しばかり切るだけですから、痛いのは一瞬。切開して膿《うみ》をだせば、ぐんと楽になります」

この程度の治療なら畳廊下の診察室でことたりる。

準備が整うまで再び待合で待つことになった喜三郎は、そこにいた隠居と話しはじめた。その声は診察室まで筒抜けだ。

「喜三郎さんのおかみさんは、うらやましいような美形ですな」

相手は相生町《あいおいちょう》に住む気のいい隠居である。

「美形？……美人なんぞ、三日で飽きますさぁ。女は心根がいいのがいちばん」

「そう言ってみてえなぁ。うちのかみさんなんかあのご面相だから。俺がそう言ったら、そうだろうそう言うっきゃねえだろうって、みなから笑われちまう」

「いや、ほんとですってば」

「喜三郎さん、子ども何人だっけ？ 立て続けに毎年、生まれてんよな。何よりじゃねぇか、子どもの笑い声が始終、聞こえている家ってのは」

「そんなんじゃねえですよ」

喜三郎の声が渋くなる。

「いいんだよ、のろけたって。まったくごちそうさまだよ」

「のろけてなんかいねえっすよ。あいつが大事にしているのは、人からうらやましがられる金と家、着物、あとは子どもの数。それだけなんで」

吐き捨てるように喜三郎は言う。隠居は鼻白んだように口を閉じた。

喜三郎の治療から二日後、梅本の女将・美咲が真砂のところに診察にきた。

「身ごもってますよ。おめでとうございます」

「まあ、嬉《うれ》しや」

美咲《みさき》は、艶然と笑った。今年二十五歳になった美咲は、かつて浅草の茶店の看板娘として浮世絵にも描かれた美女である。美咲はなにかと人の噂《うわさ》にのぼる女で、そういうことには疎い結実の耳にもいろいろ入っている。

喜三郎と美咲が出会ったのは七年前、喜三郎が二十三歳、美咲が十八歳のときのことだ。だが当時、喜三郎にはすでに女房がいた。大きな料理屋から嫁いできた女房のたみは、姑《しゅうとめ》たちにもよく仕え、奉公人にも慕われるおっとりとした女で、長男の文《ぶん》四郎《しろう》も生まれていた。喜三郎の両親や親族はみな、美咲と別れるようにと意見したが、すっかり熱くなっていた喜三郎は耳を貸さなかった。すったもんだあった末、たみは乳飲み子の文四郎をおいて、実家に戻された。

それからすぐに喜三郎と美咲は祝言をあげた。口さがない連中は不埒《ふらち》な夫婦だとはやしたてたが、ふたりはけろりとしたものだった。

美咲は裏店《うらだな》育ちで、母親と二人暮らしだった。本名は熊《くま》だが茶店にあがるときに、武家娘風の通り名・美咲にかえ、たちまち人気者となり、何人もの男に言い寄られた。その美咲が選んだのが、江戸で一、二を争う箸問屋の跡取りの喜三郎だったのだ。

二人の間には、喜三郎にとっては次男となる金五郎《きんごろう》（四歳）、長女あやめ（三歳）、三男六三郎《ろくさぶろう》（二歳）がいる。

「これからはたびたび診察にうちに来てくださいましね」

華やかな友禅に身を包んだ美咲は袖を翻《ひるがえ》して帰って行った。

「美咲さんのことは……結実、おまえにまかせていいかい？」

以前はすずとふたりで患家に通っていたが、このごろは手分けするよう真砂に言われている。一人前の産婆《さんば》に少し近づいたようで結実はちょっと嬉しかった。

二

当初は張り切って通っていた結実だったが、梅本の内情がわかるにつれ、万町に行くのが憂鬱になってきた。美咲はいきなり、猛然と腹をたてるのだ。

「お腹《なか》に子がいるから、静かにしておくれといっているのに。文四郎、何をやっているんだい。金五郎があやめとけんかしているじゃないか」

「文四郎、六三郎を泣かせるなと言っているだろう。これ以上、六三郎が暴れたら、おまえの夕飯はないよ」

「八歳にもなってこれだもの。総領の甚六《じんろく》とはおまえのことだ」

何かというと美咲は、形相をかえて、前妻の息子の文四郎を怒鳴り、ののしり始める。文四郎は弁解することも許されず、ひたすら謝り続けなくてはならない。

結実にはそのどれもが怒るようなこととは思えなかった。

腹に子がいるときはささいなことでもいらいらしやすくなり、急に涙ぐんだり、気分が落ち込んだりすることがある。それにしても美咲の文四郎への態度は度が過ぎていた。

「お腹の赤ん坊のためにも、穏やかな気持ちで過ごすことがいちばんですよ」

見るに見かねてそういった結実にも美咲はくってかかった。

「穏やかな？　はぁ？　文四郎がいる限り、できない相談だ。いっそのこと、出て行ってくれりゃいいのに。ほんとの母親が別にいるんだから」

文四郎は母の違う弟妹たちの面倒をよく見ていて、弟妹たちも文四郎を慕っている。それを認めないのは、美咲だけだった。といって、美咲は自分の子どもをかわいがるわけではなく、子育てから家事にいたるまで、女中のいわにまかせっぱなしだ。

亭主の喜三郎が「女は心根がいいのがいちばん」といったのも道理で、美咲は誰に対しても細やかな愛情を示すことはなかった。舅《しゅうと》姑に意見されてもへの河童《かっぱ》で、無視を決め込んでいる。女中もみな、年中、美咲の顔色をうかがっている。喜三郎もお手上げなのか、奥のことには口を出さず、商売に逃げ込んでいるとしか見えない。

「この子にしてこの親と言いますけど、おかみさんのおっかさんもずさまじいんですよ。くるときは無心と決まってるから、おかみさん、会いもしないんですけどね。ざんばら髪を振り乱し、店先で、お熊、出てこい！　この恩知らず！　と暴れたときには、肝がつぶれちまいました。あら、そういえばこのごろ、来ないわね」

外まで送ってきたいわが、眉をひそめ、打ち明けたこともあった。

梅本をあとにすると結実は、ほっと身体《からだ》から力が抜ける思いがした。

長月の末、美咲は静養と称して、女中をつれて向島《むこうじま》の別邸にいった。

章太郎は源太郎にもらった岩崎灌園の『本草図譜』を暇さえあれば眺めていたが、今月に入って、突然、絵を習いに行きたいと言いだした。

「どうしてそんな突飛なことを思いつくのやら。絵師は簡単に暮らしがたつような仕事ではありませんよ」

絹はけんもほろろにはねつける。

「絵師になりたいのではありません。ただ絵が描けるようになりたいんです」

章太郎が自ら何かをしたいと親に願うのははじめてだった。

今日も、手習いから戻ってきた章太郎と絹はすったもんだやっている。

「絵を習ってなんになるんです。まず学問をがんばらないと。あなたは大地堂の大切な跡取りなんですから」

座布団にちょこんと座っている章太郎に向かって絹の説教がはじまった。

「でも、絵を描けたらいいと思うんです。見たものを残しておけます」

「絵が悪いとはいってをりません。でも、もっと勉強に役立つことがあるでしょう。算術と書き取りを毎日、家でやっていますか」

「まあ、ちょっとずつ……」

「結果を出さなければ、やっていることにはならないんですのよ。源太郎さんの弟の象二郎さんは大変な秀才だそうですよ。はや、医学所に通い、先生方の覚えもめでたいとか。母は章太郎にも蘭学《らんがく》を学び、将来は御殿医《ごてんい》になってほしいんです」

啞然《あぜん》としたのは、章太郎ばかりではない。庭でどくだみと格闘していた結実も、あごがはずれそうになった。手習い所でも後から数えた方がはやい章太郎が、幕府や大名に仕える御殿医になるなんて、結実でさえ考えもつかなかった。身びいきがすぎて、絹が正気かどうか心配になってしまうほどだ。

朝の診療をやっと終え、昼飯をとりに居間に正徹が戻ってきた。後ろから源太郎が続く。もう時刻は昼九ツ半（午後一時）を過ぎている。山村家では、主を待たず、食べられる者が先に食事をするため、昼飯がまだなのは正徹と源太郎だけだった。

絹がさっと立ち上がり、二人分のお膳を用意する。食事が半ばすんだところで正徹は、うなだれたままの章太郎に目をやった。

「章太郎は何を描きたいんだ？」

どうやら、絹と章太郎のやりとりは診察室にまで筒抜けだったようだ。

「……草や花、木を」

章太郎は正徹に向き直り、小さな声で言う。

「本草図譜のような絵か？」

正徹は、章太郎が手にしている本に目をやった。

「はい」

「章太郎は幼いころから、植物が好きだったな。興味があるなら、やってみるか」

「は、はい！」

章太郎の目がぱっと明るくなった。

「あなた、章太郎に寄り道をしている暇は……今だって勉強が遅れておりますのに」

絹は正徹を恨みがましく見た。

「勉強は暇があるからできるというものではあるまい。人は人。章太郎は章太郎なりにやればいい。絵を描くのも、本草《ほんぞう》の勉強になるかもしれん。その本を書いた岩崎灌園は本草の大家だ。岩崎氏は多くの薬草を描き、毎年幕府に献じたと聞く。実際、その絵を見て、多くの医者や薬種屋が今も学んでいる。絵を描きつつ、岩崎氏は薬草の分類も行い、本草学の発展にもつなげた。たいした人物だよ」

それから、独り言のようにつぶやく。

「……だいたい、御殿医なんてものがいつまであるか、わかりゃしねえや」

「えっ、どういうことです？　御殿医がなくなるって」

絹がすぐさま聞き返した。絹は地獄耳だった。言い過ぎたと正徹は顔をゆがめたが、絹は目を見開いたまま次の言葉を待っている。正徹は短く息を吐いた。

「ついこの間まで蘭学なんて学問は亜流だった。医者は本草学だけを収めれば良かったんだ。だが、蘭学が隆盛になり、世の中は変わった。蘭学だって昔と同じじゃない。たまげるような勢いで進んでいる。今日、覚えたことが、明日、古くなる。当たり前だと思われていたことが、ひっくり返ったりもする。……これから先、何事も今まで通りってわけにはいかねえだろう。章太郎はまだ八歳だ。好きなことをやらせてやってもいいじゃねえか」

「ありがとうございます」

章太郎はすかさず額を畳にこすりつける。

絹は唇をひきしめ、正徹に直談判するように膝に手をあて前のめりになった。

「わかりました。……けれどひとつ条件がございます。章太郎の手習いの成績がこれ以上落ちたら、即刻、絵はやめるという約束ではいかがでしょう」

正徹が困ったように天井をみあげた。だめ押しのように絹が続ける。

「人はただおもしろおかしく暮らしているわけにはまいりません。子どもにも、勉強のしどきがございます。あっという間に、大人になってしまうのですから」

「……こりゃ一本とられたかな」

「よろしいですわね」

絹に気圧《けお》されたように正徹がうなずく。

「……章太郎、おっかさまのいう通りにしなさい」

空気が抜けたような章太郎の肩を源太郎が抱いた。

「よかったじゃねえか。ようやく絵が習えるんだ。手習い所でもがんばればいいさ」

章太郎の顔が半分あがった。

「そうですね。私より成績が悪いのはたったの三人ですし……」

再び絹の目がつりあがる。

「今より悪くならなければいいなんて、男子たるものがなんと情けないことを。……二兎《にと》を追う者は一兎をも得ずという諺《ことわざ》を、章太郎はご存知か！　そんな目も当てられないことにならないよう、勉強に精進なさい。励みなさい！」

頭に血が上った絹を見ると、母親というものは自分の思うように子どもに育ってほしいと欲をかかずにはいられないものだと、結実は複雑な気持ちになる。

結実が産婆になりたいといったときも、絹はこの調子で反対した。いくら言葉を尽くしても、首を縦に振らず、話し合いは平行線のまま膠着《こうちゃく》した。あのときも、正徹がとりあえずやってみたらどうだと言ってくれたのだった。

絹は絹なりに、結実の人並みの幸せを考え、反対したことはわかっている。

だが人の幸せはそれぞれではないか。それに、いくら無難な道を選んでも、明日、何が起きるかわからない。努力してもかなえられないこともあれば、棚からぼた餅のようにほしかったものが落ちてくることもある。

大事なのは、自分が行く道を決めることだと、結実は思う。そうであれば、たとえうまくいかなくても、得心がいく。

自分のことはそう思えるのに、いざ章太郎のこととなると、肝心の勉強もおぼつかないのにと心配する絹の気持ちが結実はわからなくもない。それもまた不思議だった。

結実が思いを巡らしている間も、絹の舌鋒《ぜっぽう》は止まらない。

「源太郎さんも、医学所に通う弟の象二郎さんに負けないようにがんばってくださいませね。あなたも長男で藤原家の跡取りなのですから」

狙った相手に、頭の真上から冷水をぶっかけることにおいて、絹にたちうちできるものはいないと、結実は吐息をついた。

章太郎は、四谷《よつや》に住む関根雲停《せきねうんてい》という本草画家につくことになった。

関根雲停は服部雪斎《はっとりせっさい》と並ぶ当代一、二を争う本草画家である。多くの大名や分限者《ぶげんしゃ》からの絵の依頼は引きも切らない。

滅多に弟子をとらないことで知られていたが、懇意にしていた源太郎の父・藤原玄哲が口をきいてくれ、酔狂心からか、雲停は章太郎を引き受けてくれた。

「源兄ちゃんがお父上に頼み込んでくれたおかげです」

章太郎は十日に一度、嬉々《きき》として関根雲停宅に通っている。

足が悪い章太郎にとって、四谷との往復はなかなかの試練でもあった。

だが、雲停宅を訪ねる日、章太郎は暗いうちから起きて、日の出と共に家を出る。

家でも絵を描いている時間が増えた。手習い所の勉強は源太郎がみてやっているようで、今のところ、絹の目は三角に尖《とが》らずにすんでいる。

三

喜三郎が怪我をしたふたりの子を連れて、大地堂に飛び込んできたのは神無月《かんなづき》に入ってまもなくの早朝だった。

正徹は往診中で、結実が例によって手伝いにかり出された。

診療所にかけつけた結実は、文四郎の頭にまいた晒が血で真っ赤に染まっているのを見て、ぎょっとした。金五郎は泣きながら濡《ぬ》れ手ぬぐいで額を押さえている。

「結実、兄の文四郎の傷を洗ってくれ！　弟のたんこぶは大したことはねえ。冷やせばおさまる」

源太郎はそういうと、奥の患者の治療に戻った。

「痛いけど、我慢してね。ゴミや悪いものを洗い流さなくちゃならないの」

結実は文四郎に話しかけながら、晒をとり、傷を何度も水で洗い流した。後頭部を強打したらしく、傷がぱかっと開いている。跡が残りそうな大きな傷だ。

「妹のあやめとふざけて縁側から落ちそうになった金五郎を、文四郎がかばって、ふたりして沓脱《くつぬ》ぎ石の角に頭をぶつけたんですよ。……金五郎がたんこぶですんだのは、文四郎が受け身のようにして下になってくれたからで……」

健気《けなげ》に痛みに耐えている文四郎を気遣いながら、父親の喜三郎がいった。

「偉かったね。とっさに弟をかばうなんて、なかなかできないことよ」

「……兄ですから」

文四郎はきっぱりいって、口元だけで微笑《ほほえ》んだ。細いうなじ、ふっくらした頰、まだ肉がついていない手足、薄い肩……澄んだ目が痛みのせいかうるんでいる。

傷のまわりの髪の毛をカミソリで剃《そ》り、焼酎《しょうちゅう》で消毒し、源太郎が五針縫ったときも、文四郎はぎゅっと目を閉じ、声ひとつあげず、我慢し続けた。

手習い所から帰ってきた章太郎は息を切らせていた。足の悪い章太郎が早足で戻ってくるなんて、滅多にないことだ。

「文ちゃんがお休みで、師匠にわけを聞いたら怪我だって。うちにきてるかもしれないって思って……」

文四郎は治療がすみ、今さっき家に戻ったと結実が言うと、章太郎はほっとした顔になった。

「じゃ、たいした傷じゃなかったんですね」

「いや、たいした傷よ。五針も縫ったんだもん」

「我慢強かったぞ。他の子ならびいびい泣いているところだ」

午前の診察を終えた源太郎が下駄をつっかけて庭の縁台に座った。章太郎と結実も隣に腰をおろす。

風が落ち葉を舞いあげている。日に日に秋が深くなっていた。

章太郎と文四郎は同い年で、手習い所では親しくしているという。弟の金五郎をかばっての怪我だったというと、さもあろうと章太郎はうなずいた。

「文ちゃんは、長を務めているんです。頭も良く、弟妹はもちろん年下の子の面倒もよくみてくれて、まぁ出来物《できぶつ》なんです」

梅本の美咲が文四郎を邪険にしていたことを、結実は思い出さずにいられなかった。

患家のことは口外しないよう、真砂からは口が酸っぱくなるほど言われているが、このふたりならと、結実は梅本への往診で目にしたことをちょっとだけ打ち明けた。

章太郎は腕を組み、大人のような渋い顔になった。

「やっぱり、おっかさまは文ちゃんのこと、かわいがっていないんですね」

文四郎が一度だけ悩みを口にしたことがあるという。

「……おいらは邪魔者なんだって。文ちゃんのおっかさまは梅本を弟の金五郎くんに譲りたいと思っているんだそうで。だから文ちゃん、読み書きと算盤《そろばん》がすっかりできるようになったら、どこかのお店《たな》に奉公に出るつもりだって……」

ええっと、結実の声が裏返る。

「天下の箸問屋梅本の跡取りが？　どこかのお店に奉公って？」

「小僧からやるって」

「そんなことできるわけないじゃない」

結実は言下に打ち消した。放蕩《ほうとう》息子が勘当されて、違う土地でやり直すというならともかく、手習い所でも出来物と評判の大店《おおだな》の長男が奉公に出て一から始める話など、聞いたことがない。引き受け手が見つかるはずもない。やっかいな事情を抱えた金持ちの息子をわざわざ雇うなんて酔狂な商売人は江戸中探してもいないだろう。

「喜三郎さんは文四郎がそう思ってること、知ってんのか」

「さぁ。でもおっかさまが文ちゃんを邪険にしていることは、夫婦だもの。わかるもんじゃないですか」

源太郎が章太郎の頭をぴっとはたいた。

「いっ」

「生意気言いやがって。何が夫婦だもの、だ」

「いやいや、子どもだって、案外、いろいろわかってるもんなんですよ」

章太郎は不満げに口をとがらせ、またこまっしゃくれた口をきく。

結実は頰に手をあてた。

「ほんとのおっかさま、文四郎ちゃんがそんな思いをしていると知ったら、心配でしょうね」

「どうでしょう。実のおっかさまは何年も前に再婚して、そちらにも弟妹が生まれているそうですから向こうにも頼れないって、文ちゃんが。……生き別れってのも難しいもんなんですね」

章太郎は、幼な顔に似合わぬ分別くさい表情を浮かべた。

結実と源太郎は顔を見合わせた。結実と源太郎はふたりとも、実母ではなく義母に育てられた。源太郎も、実母とは死に別れだ。

結実の義母は実母・綾の妹であり、我が子同様に育ててくれた。章太郎と区別されたと感じたこともない。源太郎は七歳のときに母を流行病《はやりやまい》でなくした。後妻に入った源太郎の義母・久美《くみ》は実子の象二郎を溺愛《できあい》しているとの噂だった。

「源兄ちゃんはいずれお父上の跡を継ぐんでしょう」

章太郎は何気なくたずねる。源太郎は空を見上げて、ぽつりと「……さぁな」とつぶやいた。結実は虚をつかれた気がした。

「何それ。人ごとみたいに。……継ぐに決まってるわよね、源ちゃんは医者の修業をしているんだし」

「いや……」

結実の胃の腑《ふ》がきゅっと縮んだ。源太郎は空を眺めたままだ。群青の絵具を流したような青空を、風にあおられた薄雲が流れていく。

「そんなのおかしいでしょ。源ちゃん、長男なんだし」

「源兄ちゃんも、文ちゃんみたいに、弟の象二郎さんに家を譲るつもりなんですか」

「何も決めてねえよ。……どこで働いたっていいんだ。俺は」

源太郎はやんわりといった。

「お昼にしましょう」

縁側から絹の声がすると、源太郎はぱっと立ち上がった。

「さぁ、飯にしようぜ。腹ぺこだ」

結実は、さっさと歩いて行く源太郎の後ろ姿を、身を固くして見つめた。

源太郎と結実は兄妹《きょうだい》のような間柄だ。源ちゃん、結実と呼び合い、毎日お膳を一緒に囲み、顔を見れば軽口を交わす。だから、何でも知っているつもりだった。

源太郎が実家を継がなくてもいいと思っているなんて気づきもしなかった。

自分は源太郎の何を見ていたのだろうと結実は唇をかんだ。


はじめて源太郎に会ったのは、結実が九歳のときのことだ。

源太郎の父・玄哲は正徹の学問仲間で、正徹が大地堂を開所した祝いに、十二歳の源太郎を伴ってやってきたのだった。今と同じ秋から冬にかわるころだった。

玄哲と並んで座り、ちょこんとお辞儀をして、源太郎は大人の話をちょっと退屈そうに聞いていた。男の子のくせに、綾がすすめると、お汁粉を三杯もおかわりした。

正徹と玄哲が綾の手料理を肴《さかな》に酒を酌み交わしはじめると、結実と源太郎は隣の部屋ですごろくやかるた取りをして遊んだ。結実はかるた取りが得意で、子ども相手なら誰にも負けたことがない。それなのに、何遍やっても源太郎にはかなわない。悔しくて結実が泣きべそをかきはじめると、それからは結実の勝ちが続いた。源太郎がわざと負けてくれたとわかったのは、ずいぶん後になってからだ。

あのころから源太郎は背が高く、笑顔が優しかった。

その次の正月には、正徹が綾と結実を連れて、玄哲の家を訪ねた。

源太郎は挨拶をしたきり、座敷に出てこない。義母の久美が幼い象二郎にかかりきりで、源太郎は女中に混じって勝手仕事を手伝っていたからだ。源太郎と遊ぶのを楽しみにしていた結実は、かまってもらえないのがつまらなかった。頰をふくらませ、ついそのことを口にし綾に「お行儀よくなさい。源太郎さんはお忙しいんですから」と叱られてしまったのだが、それが幸いして、玄哲が源太郎を呼んでくれた。

結実が凧揚《たこあ》げをしたいというと、源太郎は大川端に連れて行ってくれた。青空に凧がぐんぐん上がっていくと、源太郎は結実に糸をもたせた。凧に凧がさらわれそうになると、さりげなく手を添える。自分は凧揚げ名人だと結実が思い込んだほど、凧は高く高くあがった。

家に戻って、ふたりでかるた取りをしようと言っていたのに、入り口で待ち構えていた久美に手伝うように言われ、源太郎は「じゃ、またな」といって奥に引っ込んだ。

「とんだ鉄砲玉だよ。遊びとなると……。家の仕事は山とあるっていうのにに」かんに障るような久美の声が奥から聞こえ、結実のために源太郎が叱られたのだと胸がちくりと痛んだ。かるた取りができなかったのもがっかりだった。久美は存外、厳しい母親なのだともぼんやり思った。

次に会ったのは、源太郎が十七歳で大地堂に来た日のことだ。正徹にくれぐれもよろしくと頼み、帰って行く父・玄哲の背中を、源太郎は口を一文字に引き結んで、ずっと見つめていた。

以来、七年というもの、源太郎は実家に泊まったことがない。

「おすずちゃんだって、盆と正月は家で過ごすのに、なぜ帰らないの？　帰ってあげればおとっつぁまもおっかさまも喜ぶのに」

何年か前、結実がそう言ったとき、源太郎はふっと笑い、今日のように空を見上げた。

「……病や怪我には休みはないから」

そのとき源太郎の目に影がさしたような気がした。けれどほんの一瞬だった。

「見習いだけど、いないよりはいいだろ」

すぐに源太郎は笑い、結実は救われたような気がしたのだ。

結実は源太郎の言葉をそのまま信じることにした。ただ、里帰りの話題はしないようにした。そこに触れることは源太郎の心の中の柔らかくもろい部分に踏みいることかもしれないと、ぼんやり感じたからだ。

玄哲は盆と正月に挨拶に来るものの、義母の久美は一度も顔を見せたことがない。源太郎にも文四郎と似たような事情があるのだろうか。実家ではひとりぼっちなのだろうか。だからといって誰にも黙って、跡取りを弟に譲る気持ちを固めているのだとしたら、源太郎はとんだお人好《よ》しだ。

冷たいすきま風が結実の胸に吹き込んだような気がした。

「結実、何突っ立ってるんだ、さ、昼飯食おうぜ」

中に入った源太郎が振り向いて結実に明るく声をかけた。

四

その夕方、湯屋から戻ってきた結実とすずは、半鐘《はんしょう》の音に顔色を変えた。
ジャンジャン、ジャン、ジャン、ジャン
火元が近いことを知らせる擦《す》り半鐘《ばんしょう》だ。
源太郎や正徹、絹、章太郎、真砂……次々に家から人が飛び出してきた。
だが炎も煙も見えず、すぐに半鐘はジャン、ジャンと二回鳴って、唐突に鳴り止《や》んだ。消火したという合図だった。

「どこだったんだ？」

「万町だと」

「ぼやだ、ぼや」

火元を見に、走って行った連中がぞろぞろと帰ってくる。その人波に逆らうように、結実はすずと源太郎と三人で海賊橋を渡った。海賊橋を渡った先が万町である。火事に巻き込まれ怪我をしている人がいるかもしれない。

通りの向こうに町火消しが集まっていた。と、栄吉が中から飛び出し、こちらに向かって走ってくる。栄吉は男の子を背負っていた。

「栄吉さん！」

結実たちは思わず駆け寄った。

「おう、いいとこで。……この坊主がやけどをしちまって」

背負われているのは文四郎だった。後ろから、父親の喜三郎が追いかけてくる。

「腕か」

源太郎は文四郎を見て言った。着物の左袖が黒く焼けている。頭の晒にも血が滲《にじ》んでいる。青ざめた頬が震えていた。もしやけどによる震えだとしたら大事《おおごと》だ。

「先に戻って、用意しておく」

そういうと源太郎はきびすを返し、家に向かって走った。結実たちもその後を追う。やけどはとにかく冷やさなければならない。

結実とすずが井戸水を汲《く》み上げはじめたとき、文四郎を背負った栄吉が到着した。文四郎を土間の寝台に寝かせ、源太郎はその左腕を焼けた着物のまま水をはった桶《おけ》につっこんだ。

「文四郎、もう大丈夫だからな」

源太郎が静かに言う。正徹も奥から出てきた。

冬が近づき、水はしびれるほど冷たい。しばらくすると、文四郎の身体が寒さでがたがたと震えだした。すかさず、絹が湯たんぽを文四郎の足元に差し入れる。

その間に源太郎は文四郎の頭の晒をといた。今朝縫った部分をぶつけたのか、傷がつぶれている。源太郎は傷口を丁寧に洗い、軟膏《なんこう》を塗り直した。

半刻《はんとき》ほど冷やしても、水から引き上げるとたちまちに激しい痛みが文四郎を襲う。二の腕から肘、手首までやけどは広範囲に及んでいた。

「文ちゃんのやけど、ひどいの？」

書斎から心配そうに首を出した章太郎に結実がうなずく。

「一日のうちに怪我をしたり、やけどしたり……かわいそうに」

「おとっつぁまと源ちゃんが見てくれているから大丈夫よ」

章太郎はうなずき、肩を落として戻って行く。

源太郎に文四郎をまかせ、正徹は待合にいた喜三郎と栄吉を手招きした。

畳廊下の診察室で向かい合う。

「油を浴びてるな」

「……行灯《あんどん》を倒しちまって」

言葉少なに喜三郎がいう。正徹は首をかしげた。

「行灯？　それだけか？　……あれほど袖が不自然に焼け焦げているのは油をかぶったからじゃないのか。油をあびせて、火をつけたんじゃないのか。頭の傷もつぶれちまってる。あの子を誰かが打擲《ちょうちゃく》したんじゃねえのか」

喜三郎が唇をかみ、うなだれた。

ぽつりぽつりと喜三郎が話し始めた。

美咲が大変な剣幕で向島の別邸から戻ってきたという。金を届けに行った手代から、金五郎がたんこぶを作ったと聞いてのことだった。

文四郎の部屋に走って行き、書物を読んでいた文四郎の襟をつかんで突き飛ばした。

「金五郎に怪我をさせたって？　おまえが金五郎に手をあげたんだろ。ふざけるんじゃないよ。金五郎はこの梅本の跡取りになるんだから！」

女中たちはあわてて止めようとしたが、美咲は聞く耳をもたないどころか、いっそう頭に血を上らせた。傍《かたわ》らのものを片っ端からつかみ、美咲は文四郎めがけて投げつける。たまたまおいてあった菜種油をいれたとっくりもぶっつけた。それから行灯をふりあげたのだ。行灯の火が菜種油をかぶった畳に、そして文四郎の着物の袖にうつり、燃え上がった。文四郎は悲鳴をあげながら部屋から転がり出て、庭の天水桶《てんすいおけ》に腕をつっこんだ。

「文四郎の部屋のすぐ脇に天水桶を置いてあったのが不幸中の幸いでした。とっくりは行灯の油の補充のために女中が気を回して用意しておいたもので……それが仇《あだ》となってしまって……どうぞ、このことは内密に願います」

喜三郎は正徹と栄吉に深々と頭を下げる。

火事自体は文四郎の部屋の畳が焼けたに過ぎず、正徹と栄吉が口を噤《つぐ》めば、おかみのお咎《とが》めはなくてすむ。放火は大罪で、放火犯は、市中引き回しのうえで火焙《ひあぶ》りと決まっていた。過去にはわずか十六歳で処刑された娘もいる。人を狙って油をまいたなどといったら、人殺しの罪も加わり、その店も主も、ただではすまない。

　正徹は、低い声で切り出した。

「喜三郎さん、仇となったですませていいものではないだろう。やけどは左腕全体に及んでいる。治っても、皮膚がつれることは避けられない。肘の皮膚がどう収まるか。ことによったら、手を動かすのも不自由になるかもしれん。深いところまで熱がはいっていたら、もっとやっかいだ。……火を消すのがあと少しでも遅れたら、命にかかわっていたかもしれねえんだ」

　奥歯をかみしめた喜三郎の目を、正徹はじっと見据えた。

「俺は、患者の家のことには、極力立ち入らねえようにしている。だがな、捨て置けねえよ、今回のことは。いたいけな、刃向いもしない子どもに火のついた行灯を投げつけるなんてまねをどうして……。あんたが本気で守らなければ、この子は生きていけんぞ。……この子は傷が癒えるまでうちで預かる。その間に、子どもが苦しい思いをしねえですむように、なんとかやってもらえねえか。それができるのは、あんただけだ」

　うなだれた喜三郎の唇が震えている。喜三郎はそれから顔をあげ、正徹の目を見つめて、わかりました、と言った。

源太郎は焼けただれた文四郎の着物の袖をはさみで切っているところだった。水ぶくれをつぶさないように、少しずつ慎重に作業をすすめる。

やけどの腕があらわになると、戻ってきた正徹が診察し、紫雲膏《しうんこう》を塗り始めた。

紫雲膏は華岡青洲《はなおかせいしゅう》が作った軟膏で、紫根《しこん》、当帰《とうき》、ごま油、蜜蠟《みつろう》、豚脂《とんし》の五種類の生薬が配合されている。傷口を乾かすことなく、皮膚の治りを早める効能が知られていた。それから油紙で傷全体を包み、真新しい晒を巻いた。

やけどの激しい痛みを、文四郎は奥歯をかんで耐えている。

「この痛さはなってみた者じゃねえとわからねえ。小指の先ほどのやけどでも、痛みがじんじん頭のてっぺんまでかけあがる。……文四郎はえらいな。大人でも涙をこぼすくらい痛いのに、辛抱して……いいんだぜ、泣きわめいたって」

源太郎がいたわるように声をかけた。

「……わ、私の腕は……治りますか」

「治るよ。跡は残るけどな……いっとう辛いのは今だ。刻がたてば少しずつ痛みは和らぐ。がんばろうな」

文四郎はこくりとうなずいた。

そのとき喜三郎が部屋に入ってきた。喜三郎は痛みに顔をゆがめている文四郎を涙ながらに見つめた。

「美咲にはよっく言い聞かせる。この通りだ」

喜三郎は文四郎に頭を下げた。文四郎は薄目を開けた。

「……おとっつぁん、ひとつお願いがあります」

「なんでも言ってみろ」

「跡取りは……金五郎にしてください」

「ばかなことを……長男のおまえが跡取りに決まってる」

「やけどが治り次第、わたしはどこぞの店に奉公にでます」

「な、何をそんな……そんなことはさせん」

「前から決めていました。……あの家にわたしの居場所はありません。痛くてこれ以上、話ができません」

それっきり文四郎はまぶたを閉じた。八歳の子の言葉とは思えない。細い腕に巻いた晒に血とも体液ともわからないものが滲んでいる。文四郎をこんな目にあわせたのは自分だと、情けなさに喜三郎の身体がふるえた。

五

真砂が本宅に駆け込んできたのは、そのときだ。

「おすず、結実！　梅本の美咲さんのところに行くよ」

梅本の手代が飛んできて、美咲が出血したという。美咲の子は順調にいけば来年の夏前に生まれる。腹の子が小さい今の時期がいちばん不安定なのだ。

結実たちはすっかり暗くなった通りをまた万町に向かった。

梅本の家に入ると、燻《いぶ》くさい臭いが鼻をついた。文四郎の部屋が焼けた臭いだ。

美咲は座敷に寝かされていた。子はすでに流れていた。

「あたしには梅本の子どもがまだ三人。店はあたしのものだ」

手当をされながらも、美咲は獣のように吠《ほ》えた。流れた子のことを悲しむ言葉はなかった。

結実はそんな美咲が恐《こわ》くてたまらず、晒を真砂にさしだす手が震えた。真砂は結実の手首をそっとつかむと、落ち着けと声にせずにいった。お湯を運んできたすずが結実の目を見つめ、集中！　とやはり口の形だけで伝える。

ふたりに促されても、身体はこわばったままで、できたのは汚れた湯を捨てに行くことだけだった。

やがて、大地堂から戻ってきた喜三郎が部屋に入ってきた。

結実とすずが後始末している井戸端にも、ふたりの話が聞こえた。

「美咲、子どもも店もおまえの好きにしていいものじゃない」

「あたしは梅本の女将で母親だ。あたしのものに決まってるじゃないか」

「じゃあ、おまえはおまえの母親のものなのか?」

「あれは人じゃない。負け犬。貧乏神だよ」

「……おまえのおっかさんはもう長屋にゃいねえよ」

「……なんであんたがそんなこと、知ってんの」

「長屋の人たちが行き先をしらねえかと訪ねてきたんだ。一度、聞いたことがあるだろ。おっかさんが長屋を出たらどこに行くか、心当たりはないかって。おまえは知るわけないさと吐き捨てた」

はははと美咲が甲高い声で笑い出した。

「のたれ死にでもしたのかね。いい気味だよ。遠島《えんとう》になった盗人《ぬすっと》の男と懇《ねんご》ろになって、あたしを産んで、ろくに飯も食わせず、ぼろばかり着せて、何かと言えば難癖つけて。

……あの女は、その目つきが悪いとぬれ雑巾《ぞうきん》を投げつけて、おまえさえいなかったらとあたしの髪をひきずりまわしたんだ、何度も何度も……」

「……だから、文四郎にあんなことをしたっていうのか」

「はぁ? きれいなべべ着て、白いおまんま食べさせてるじゃないか。ちょっとばかりやけどをさせたからって、文句を言われる筋合いはないね。親としてこれ以上ないほど贅沢《ぜいたく》をさせてるんだから。……そう思わないかい、真砂さん」

部屋の中で黙って油紙などの始末をしていた真砂に、美咲が言った。

真砂はしばらくして口を開いた。

「親になるのは大変なことですよ。……愛《いと》おしいと思う気持ちが少しずつ親にしてくれるんじゃないですかね」

「産婆風情が偉そうに……」

真砂はそれには答えず、部屋をあとにした。

三人は無言で帰り道を歩いた。後味が悪すぎた。夜四ツを過ぎ、町はとっぷりと闇に包まれている。

結実はいつものように動けず、真砂とすずの足手まといになってしまった自分が情けなかった。美咲の荒々しい態度や言葉に怖《お》じ気《け》づいて、何をすべきかということが頭から抜け落ちてしまった。自分の望みを叶《かな》えるためならなんでもするという美咲の底なしの欲が、結実は恐かった。実の母親を早くに亡くしはしたが、父や絹に大切に守り育てられた自分は、苦労知らずで世間知らずの甘ったれだと思い知らされたような気がした。

母親に邪険にされて育った美咲は、美貌と、男をその気にさせる手管と作り笑顔で、念願の大店の女房におさまった。美咲が自分の母親を負け犬といったのは、梅本の嫁におさまった自分は勝ったと思ったからだろう。

世の中、勝ちか負けか。上か下か。美咲にはそれしかない。

子は産んだら産みっぱなし。育てるのは女中任せで、かわいがることもない。子が流れても悔しがるだけだ。美咲にとって子どもは、梅本の家を自分のものにし続けるための手立てなのだろうか。

喜三郎は美咲の甘言に乗り、前の女房を追い出した。いざ美咲が女房の座につき、前妻の子の文四郎をいじめはじめると、商売に逃げ込んで、見て見ぬ振りをした。

子どもにだって気持ちはある。意地もある。すべてを捨てて、家を出ると口にするまでに文四郎はどれだけ苦しんだのだろう。そこまで文四郎を追い込んだのは、美咲と喜三郎のふたりだ。

「美咲さんは自分が親にいじめられて育ったから、子どもに同じようなことをするんでしょうか」

すずがぽつりと言った。

「親を知らずに育っても、一所懸命、子育てする人はいます。親に見捨てられても、自分の子に細やかな愛情を注ぐ人もいれば、親にかわいがられて育っても、自分のことしか考えられない人間もいる。だから一概にそうとも言えないとは思いますが。……でもやっぱり、親から育てられたように、人は子どもに向かい合いがちなものなのかもしれませんね」

真砂は吐息をつき、きっぱりと付け加えた。

「いずれにしても喜三郎さんがふんばるしかないでしょう。子どもたちを鬼から守るために、喜三郎さんはやりますよ。やらなければ人じゃありません」

とはいえ美咲の性根は簡単には変わらないような気もする。

これから文四郎はどう生きていくのだろうと思ったとき、結実の脳裏に源太郎の横顔が浮かんだ。源太郎は実家のことは何一つ語らない。恨み言を並べることもない。

だが、実家に期待せず、自分の道を歩いて行こうとしているところは文四郎とよく似ている。

「それにしても栄吉さん、かっこよかったねぇ。文四郎ちゃんを背負って韋駄天《いだてん》走りだもん。纏《まとい》をもたずとも、絵になる人よね」

鬱屈した気持ちを吹き飛ばそうと、結実は明るくいった。いつもなら、すずがすかさず「そうそう」と返してくるところだ。だが、すずは眉を八の字にしてうつむいた。

「どうかした？」

海賊橋の上だった。すんと洟《はな》をすすったかと思うと、すずは指で目をおさえた。

「目にごみが入っちゃった」

海賊橋の下を流れる鉛色の楓川が、雲から出た月に照らされて、一瞬だけきらめいた。

第七章　ひよっこ

一

十日ばかり大地堂で養生して、文四郎は家に戻って行った。

美咲は激高するばかりで喜三郎の話に応じず、とりあえず向島の別邸とで住み分けるということだった。ただ、今後は喜三郎はじめ祖父母、梅本の雇い人のみんなで、文四郎を守るつもりだという。すんなりとことは運びそうもないが、これで文四郎が辛《つら》い思いをすることがなくなっていくと信じるしかない。

喜三郎が迎えに来ても、文四郎は厳しい顔を崩さなかったが、章太郎が「手習い所に早く来てね。みんな寂しがってるよ。長の文ちゃんがいないと、しまらないんだ。待ってるからね」と繰り返すと、やっと微笑《ほほえ》んだ。

季節は霜月《しもつき》に入っていた。

その晩、身体《からだ》は疲れているのに胸がざわついて、結実は眠れずにいた。

一昨日《おととい》、北新堀町《きたしんぼりちょう》の糸屋の女房・藤《ふじ》のお産があった。あいにく真砂とすずは別のお産に行っており、結実はひとりで藤の元にかけつけた。

藤は女の子をふたり産んでいて、どちらも絵に描いたような安産だった。今回もまた順調に進むと思われた。だが、なかなか子どもがおりてこない。やっとおりてきてからも先に進まない。藤の苦しみようは尋常ではなく、刻《とき》ばかりが過ぎていく。

何とかとりあげた赤ん坊に息はなかった。臍《へそ》の緒がねじれて、赤ん坊の首に幾重にも巻き付いていた。

小指ほどの太さの、薄青色の管である臍の緒。母と子をつなぐこの管が赤ん坊に巻き付くのは珍しいことではない。これまで結実は、足首に臍の緒がからまっている赤ん坊や、肩にたすき掛けのように臍の緒を巻き付かせて出てきた赤ん坊を見たことがある。首に臍の緒が巻き付いていても、たいていは元気に生まれてくるものなのに。

赤ん坊の首からぐるぐる巻きになっていた臍の緒をはずし、息をしてくれと願いながら背中をたたき、胸を押したが、かなわなかった。

細い五本の指、その先についている小さな爪、丸いおなか、細い細いまつげ……腹の中でちゃんと育った赤ん坊だった。今にも手足をふるわせて、おぎゃあと大きな泣き声をあげそうなのに、目を閉じたままぴくりとも動かない。

結実は、この子に産湯を使わせ、真新しい産衣《うぶぎ》を着せた。

藤はまだ温《ぬく》もりの残る赤ん坊を抱きしめ、ほおずりし、号泣した。

「娘っこの産婆《さんば》のせいで赤ん坊が死んじまった」

姑《しゅうとめ》は結実に悪態をつき、旦那《だんな》は白い目で結実をにらみ、舅《しゅうと》は舌打ちをした。

後産《あとざん》の始末を終えたときになってようやく真砂とすずが駆けつけた。

真砂は自分が来られなかったことを詫《わ》び、藤に、赤ん坊が元気に生まれなかったことを残念だと伝えた。真砂が手を握ると、藤はしゃくりあげ、赤ん坊をもう一度腹の中に戻したいと泣きじゃくった。

お腹の中で順調に育っても、お産で命を落とす赤ん坊は少なくない。腕のいい真砂をもってしてもだ。目の前で母親と子どもが亡くなったこともある。赤ん坊だけが助かり、母親が息絶えたこともあった。

そのたびに真砂は、家族に深々と頭を下げた。真砂がすべての責めを引き受けた。

その背の後ろにいる結実やすずを守ってくれた。

七年の間、この界隈のお産というお産に立ち会ってきたのだ。産婆にもどうにもならないことがあると、結実だって身に沁みているつもりだった。それでも望まない事態が起きれば、やはり辛かった。どんなときにも涙をこぼさない真砂を薄情だと心の中でなじったこともある。

けれど、一人だけで死産に立ち会ったこのとき、結実も泣くことなど忘れていた。辛いだの、哀しいだのといった嘆きが吹っ飛ぶほどの衝撃だった。他の誰でもない。自分にすべての非があると唇を噛むしかなかった。まだ温かい赤ん坊の身体を抱きながら、結実は奈落の底にずぶずぶと沈んでいくような気がした。

結実がひとりでお産をとりしきり、死産となったのは初めてだった。

藤の家からの帰り道、真砂は、藤の子どものように臍の緒がきつく三重にも巻いていたら、自分もほぐせる自信はないと、慰めるように結実に言った。

そういわれても結実の気持ちは収まらない。真砂がいたら、赤ん坊をもっと早くとりあげられたかもしれない。そしたら、あの子は今頃、藤に抱かれていただろう。家族の笑顔に包まれていただろう。けれどあの子は母の顔を見ることなく、ひと声あげることもなく、生まれる前にこの世を去った。

藤のお産のことを思うと、苦しくて胸が詰まるようだった。

それからというもの、何かというと、藤の赤ん坊のことを考えてしまう。布団に入っても、夜、なかなか寝付けなくなった。

二

ようやくとろりとしたのもつかのま、すっと頬をなでる冷たい風のせいで目が覚めた。ふと横を見ると、隣で寝ているはずのすずがいなかった。

闇の向こうから押し殺した男女の声が聞こえて、はっとした。

結実はそっと布団から抜け出した。

「無理よ……」

すずは縁側にいて、雨戸越しに誰かと話をしていた。

一体何事だろうと、結実は耳を澄ませた。

「おすずちゃん、了簡《りょうけん》してくれねえか」

栄吉の声だと心の臓がはねあがった。こんな夜中に、栄吉は大伝馬町からすずの元に忍んできたのだと理解するまでに、しばらく時間がかかった。

結実の頭にかっと血が上った。こめかみがずきずきと脈をうつ。頬が熱いのに、胸がぞっと冷えていく。

「……わかったわ。ちょっと待ってて」

すずが動く気配がして、結実はあわてて布団にもぐり、寝たふりをした。すずが部屋を横切り、すぐにかんぬきを開ける音がした。ことりと勝手口の戸がしまる。

「いやよ……」

「……すまねぇ」

「おいていかないで……」

それから声が消えた。結実の心が凍りついた。

すずと栄吉が秘《ひそ》かに言い交わしている仲だったなんて、雷がすぐそばに落ちたような衝撃だった。思い切りほっぺたを張られたって、これ以上驚かないだろう。切なくて、鉛を飲み込んだようだ。血の気がひいていくのがわかる。ふたりはいつからそうなっていたのだろう。

何も知らずに、結実は栄吉のことを思い続けていた。栄吉のことを思うと心が浮きたち、世の中が明るく見えた。

結実ちゃん……栄吉はいつも親しげに名前を呼んでくれた。

産婆の仕事、がんばってるな……見直したぜ……しっかりな……。話しかけられると、結実は飛び上がるほど嬉《うれ》しかった。柔らかく太い声を聞くとうっとりした。

一緒に町を歩いたときには、この道がずっと続くといいと思った。栄吉が大地堂に来ると、用を作っては顔を見にいかずにいられなかった。

栄吉の彫りの深い顔、大きな強い目、がっしりした顎《あご》、きりっとした口元。笑うと目尻にちょっと皺《しわ》がよる。その全部を見つめていたかった。

自分が栄吉を男として見ているように、栄吉も結実をひとりの女として見てくれていると思い始めていた。火事場に駆けつける栄吉に結実がは組の刺し子半纏《ばんてん》を着せ、戸の前で切り火を切る日がくるようにと願っていた。

だが、栄吉はすずを選んでいた。自分ではなく。

栄吉とすずがつきあっているなんてちらとも思わなかった。ふたりはそんな気振りさえ見せなかった。結実一人が蚊帳の外だった。

どうしておすずちゃんなの？　おすずちゃんが優しくて器量よしだから？　しっかりものだから？　一丁前の産婆になりつつあるから？　私の気持ちには気づかなかったの？　私ではだめだったの？

だったら、どうして私に笑顔を見せて、優しくしたりしたの？

そう思った瞬間、結実の目から大粒の涙がぽたぽたとこぼれ落ちた。夏の夕立のように涙が後から後から頬を伝っていく。

しばらくたってもすずは帰ってこない。早く帰ってきてほしいような、戻ってこないでと言いたいようなじりじりした気持ちのまま、結実は眠ってしまったらしい。

すずの声が聞こえ、目をあけると、まぶしい朝の光が部屋に差し込んでいた。

「結実ちゃん、起きて。お友だちが診察に見えてる」

茜《あかね》だすき姿のすずが結実の顔をのぞき込む。昨晩のことは夢だったのだろうか。だがよく見るとすずの目の縁はちょっと赤かった。

「もう朝五ツ（午前八時）よ」

結実は跳ね起きた。いつも朝六ツ（午前六時）に起きるのに、すっかり寝坊してしまった。

「いやだ……起こしてくれないなんて人が悪い……」

「このところ、ほとんど寝てなかったでしょ。こっちの仕事で徹夜した日も、結実ちゃん、源太郎さんから頼まれて、朝から夜遅くまで向こうのお手伝いをして……それで先生が今朝は寝かしておいてやろうって」

すずが微笑む。寝不足といえばそっちもでしょ。という言葉を飲み込んで、結実は急いで布団をたたんだ。

「お友だちって？」

「おのぶちゃん。ほら、質屋の弥平太《やへいた》さんの」

「栄吉さんの妹の？」

「ええ」

結実はきっとすずをにらんだ。

「だったら、早くそういえばいいじゃない」

すずの脇をすり抜け、結実は座敷に入った。結実のきつい視線にすずがたじろいだような気がしたが、かまうもんかと思った。

のぶえは栄吉の妹で、結実とは同い年で、六歳から通ったお針で一緒だった。

いやいや通わされていた結実と違い、のぶえは針仕事が好きで、すぐに腕をあげた。浴衣にも手こずっていた結実を見かねて、のぶえが結実の代わりに仕上げてくれたこともある。娘たちの中で一番最初に、晴れ着を縫うことを許されたのものぶえだった。

結実が産婆見習いとなってお針の稽古をやめてからは、会う機会も減ったが、一年前の祝言には招いてくれた。

晴れ着を着て、紅をつけて祝いに出かけた結実を見て、羽織袴《はおりはかま》姿の栄吉は「結実ちゃん、きれえだぜ。花が咲いたようだ。次は結実ちゃんの祝言か？」とほめてくれた。

それがどれほど嬉しかったか。結実の胸がまたきゅうっと痛み、奥歯をかみしめる。

気がなかったのなら、あんなこと言わないでほしかったのに……。

のぶえは真砂の診察が終わったところだった。

のぶえは火消しの頭の娘なのに、日々命をかける火消しとは一緒になりたくないと言いはって、質屋「玉屋《たまや》」の息子・弥平太と一緒になって一年がたつ。

「よかったね。来年の皐月《さつき》には、おのぶちゃんもおっかさんですよ」

「ありがとうございます」

のぶえは真砂に軽く頭をさげ、栄吉とよく似た大きな二皮目を細め、はじらうように結実に微笑んだ。

「おめでとう。大事にしてね、お腹《なか》の赤ちゃん」

「うん。……結実ちゃんはどうなの？　そろそろいい人、できた？」

「まだよ。まぁ、気楽にがんばるわ」

庭に目をやったとたん、涙がふくれあがりそうになり、あわてて手ぬぐいで目を拭《ぬぐ》う。

「いやだ。お天道様がまぶしくて……」

「ほんと、冬日和ね。あたしも涙が出そう。嬉しくって」

のぶえがおなかをさすりながら言った。

のぶえを門まで送っていき、その後ろ姿が見えなくなるまで結実は手をふり続けた。

天気がよすぎるのがいやだった。きらきら光がまわっている、すこんと明るい空。その下で自分だけ、置いてけぼりになっているような気がした。

三

のぶえが診察にきたその晩遅く、亀島町《かめじまちょう》に住む同心の女房が産気づいたと知らせが来て、三人は夜道を急いだ。

昼間からっと晴れたからか、その分、しんしんと冷える夜だった。

女房が寝かされた部屋には火鉢が置かれていたが、息が白くなるほど寒かった。かじかんだ指を温めるために、結実はときどき自分の両手をあわせてもんだ。

「結実ちゃん、手をかして。温めてあげる。私の手、あったかいから」

すずが結実の手を両手ではさんで温めてくれようとしたのを、「大丈夫」と振り払った。冷え性の結実、いつも温かい手をしているすず。そんなことさえ悔しい。

明け方近くになり、やっと元気な男の子が生まれた。四肢を縮めて、顔を真っ赤にして泣いている。小さな身体からほやほやと湯気があがっていて、冷え切った部屋に出現した暖かな光のようだった。

真砂は急いで赤ん坊を布でくるみ、結実に手渡した。

結実が産湯をつかわせると、赤ん坊は気持ちよさそうに口をとがらせた。風邪をひかせないように、手早くおむつをあて、産衣を着せ、布にくるむ。

後産を終え、整え直した布団に母と赤ん坊を寝かせ、家族を呼ぶと、興奮で頰を紅潮させた旦那がどかどかと入ってきた。舅姑も嬉しそうに赤ん坊の顔をのぞきこんでいる。実家から駆けつけた嫁の実母は「無事に生まれてよかった」と娘の手を握った。

それにしてもこの部屋は寒かった。霜月も半ばを過ぎ、冬本番を迎えていた。小さな火鉢では気休めにもならない。

「おすず、湯たんぽを用意して。結実、砂糖湯を」

「はい」

冬のお産は大変だ。裏店《うらだな》は隙間だらけで、木枯らしが部屋の中を吹き抜ける。与力や同心の屋敷だって、同じようなものだ。雨戸や唐紙がぴちっと閉まっていても、床板のわずかな間からも、寒さがじわじわと部屋に侵入する。

その上、嫁が寝かされているのは北向きや西向きの部屋が多く、だいたいが固いせんべい布団一枚ときている。この時期、水っぱなをだしながら、がたがた震えてお産する妊婦もいるほどだ。

すずから湯たんぽを受け取ると、真砂は布団の中に差し入れ、足に布を巻いてやった。熱い砂糖湯をのんだ嫁は、ほっとしたようにゆっくり息を吐いた。頰に赤みがさしていくのがわかる。

「やっぱり真砂さんにとりあげてもらうのがいちばん。うちは、真砂さんのおかげでみんな無事に生まれて。ありがたいことですよ」

初孫の顔をのぞきこみながら、姑が真砂に手をあわせた。

片付けをすませ、三人は家人に挨拶をして家への道をたどった。

しらじらと日が昇っていく。足元でしゃかしゃかと薄氷《うすごおり》が割れる音がした。

「寒いはずですよ。霜柱が立っている」

真砂は襟をかきあわせた。寒さと疲れで、真砂は背中を丸めながら歩いている。いつもは年など感じさせない真砂だが、その姿は年相応だった。

「結実ちゃん、疲れた顔をしてる……大丈夫？」

無言で歩く結実を気遣って、すずが声をかけた。結実は黙ってうなずいた。寝不足が応《こた》えているのだ。半分はすずのせいで。

亀島町川岸通りに出ると、店の前をはいている小僧の姿やら、川を上ってくる舟が見え、朝の活気が濃くなった。しじみ売りや納豆売りの声も町に響き始め、あっという間にいつもの朝の風景に変わっていく。

「ちょっと早いけど、お藤さんのところをまわっていきましょうか」

真砂が振り向いてすずに言った。藤の家は、亀島町川岸通りのどん詰まりにある霊岸橋を渡ればすぐだった。

「先に帰って休んでなさいな、結実」

真砂はいたわるようにいった。

赤ん坊はいなくても、通常のお産のように悪露《おろ》の始末は続けなくてはならない。藤のところには真砂とすずが通っていた。

霊岸橋を渡るふたりを見送り、結実は日本橋川沿いを鎧《よろい》の渡《わた》しまで歩いた。家にそのまま帰る気になれなかった。

『お汁粉はじめました』『大好評　甘酒』という半きりが風になびいている。茶屋の縁台に結実は腰をかけた。

「いらっしゃいまし」

四十がらみの女が出てきて、結実の傍らに小さな手あぶりをおいていく。

鎧の渡しを利用する人たちがひと息入れる茶店で、早朝だというのに、緋毛氈《ひもうせん》が敷かれた縁台にはや数人が腰掛けていた。日本橋川は朝の光を浴びて、波が魚の鱗《うろこ》のようにきらきら光っている。川には荷物を積んだ舟がいっぱいだ。「えいえい」という船頭たちの景気の良いかけ声が川を渡ってくる。多くの舟の荷は本船町《ほんふなちょう》の市場につくなり、江戸の町に運ばれていくのだろう。

鎧の渡しに舟が着くと、人がどっと下りてきて、かわりに列をなしていた人々が乗り込んでいく。何でもない、いつもの朝の風景だった。

けれど、結実はひとり、どこでもないところに漂っているような気がした。

藤のお産を仕方がなかったと割り切ることができない。

藤のお産は軽いはずだと思い込み、ひとりで取り仕切ろうとした自分が許せない。

結実は一人前の産婆として、早く真砂に認めてもらいたかった。順調に進まないお産に、これまでになく、いらついていた。

赤ん坊の頭が出かけたとき、赤ん坊の首に臍の緒が巻きついていないか、自分の指先で確かめた。お産に時間がかかりすぎていたからだ。臍の緒が首にからみついた赤ん坊は、自分の首がしまらないようにゆっくり臍の緒を伸ばしながらおりてくる。

臍の緒の感触があったとき、結実は血の気がひいた。さらに次の瞬間、臍の緒が三重にきつく巻きついているとわかり、頭の中が白くなった。

なんとか臍の緒をゆるめて、生まれてくるのを助けようと慎重に指を這《は》わせた。でも巻き付きがきつく、少しもゆるんでくれない。

もうちょっとだから、がんばろうね。すぐにゆるめてあげるからね。

結実は口の中で念じながらどくどくと脈打つ臍の緒をさわり続けた。

冷や汗を流すほど焦りながら、最後までほどこうとした。それが間違っていたのだろうか。あのとき、臍の緒を切ればよかったのだろうか。

自分の手に余るとさっさと見切りをつけ、他の産婆を呼んでもらえばよかったのだろうか。すずだったら、あの子を無事に取り上げられただろうか。

さまざまな思いが頭に浮かんでは、ぱちんと弾《はじ》け、結実の胸に痛みが走る。

結実の元気がないことを察し、すずはときどき労《いたわ》るような目をして、優しい言葉をかけてくる。それが結実をますます落ち込ませる。栄吉とつきあっているのが、よく知らないどこやらの娘だったら、これほど辛くなかっただろう。打ち明けたことはないにしても、結実の気持ちをいちばん近くにいたすずが知らなかったわけがないのだ。

「おまちどおさま」

茶店の女が甘酒を前においた。

「ありがとう」

そう言ったとたん、くうっと結実の喉が鳴り、涙がはらはらとこぼれおちた。

「あら、結実ちゃん」

明るい声が聞こえ、あわてて手ぬぐいで涙を拭い、顔をあげるとねんねこ姿のたけが川を背にして立っていた。

「朝早くからこんなところでどうしたの」

「お産の帰りで……」

「ご苦労様だねぇ」

ほらといってたけは身体を傾け、ねんねこの中の子どもの顔を結実のほうに向けた。たけの赤ん坊は卯月《うづき》生まれだから、ほぼ八月になる。

「……金太ちゃん、すっかり大きくなって」

「おかげさんで、ずっしり」

金太はころころと太っていて、顔の輪郭も頰も目も鼻もどこもかしこも丸っこい。その目が結実を一心にじっと見つめている。

「今年も暮れだなんて、ほんとに早いね」

「おたけさんこそ、今日はどうしたんですか?」

「おくにさんとこのお米ちゃんに乳をあげにいった帰りなんだけどね。……これから南茅場町《みなみかやばちょう》の実家にちょっと行ってこようと思って」

そういったたけの顔にふっと影がよぎった。

「亭主が転んで手がきかなくなっちまったもんだから……仕事もあがったり。少し都合してもらわないと……」

たけの亭主は表具師だ。手を痛めれば仕事にならない。裏店住まいの子だくさんの蓄えが十分であるはずもない。たけの実家も裏店住まいだが、兄は大工をしているという。余裕があるわけではないが、助けてくれるだろうと、気後れしたように笑った。

「ご亭主の手は見てもらったの？」

「近所の骨接ぎにね。中指が折れちまったんだと。手当てはしてもらったんだけど、なかなか痛みがひかなくて……利き手の右手なんだよ。……長いこと、辛抱して修業をしてやっと一人前の表具師になって……怪我《けが》ひとつでたちまちおまんまの食い上げ……。兄嫁にはいやみのひとつも言われるだろうけど、頭をさげるしかないわ」

金太がふえっとぐずりだした。たけはよしよしと手をまわして、金太の尻あたりをぽんぽんとたたいた。

「結実ちゃんの顔を見て、少し元気が出たよ」

それからたけは空を仰いだ。さっきまで青空が覗いていたのに、雲が重く垂れ込め始めている。

「降らなきゃいいけど」

「ほんとに」

たけは軽く頭を下げると、南茅場町に向かって歩き出した。

四

なんとか雨にあわずに家に戻ると、真砂とすずはすでに帰っていて朝食を食べ終え、部屋で休んでいた。

少し冷えたご飯に納豆をかけて結実がかきこんでいると、往診から帰ってきた源太郎が手ぬぐいで着物の肩をぬぐいながら、居間に入ってきた。

「降ってきやがった」

庭に目を遣《や》ると、霧のような雨が降りはじめていた。火鉢の鉄瓶をとり、急須に湯を注《つ》ぎ、源太郎は慣れた様子で結実の湯飲みにもお茶を注ぎ入れる。

「遅い朝飯だな」

「帰りに寄り道しちゃったから」

結実はとっさに目をそらした。落ち込んでいることは、誰にも何も知られたくない。

源太郎はものいいたげな風情のまま、眉を少しあげ、診察室に戻っていく。

ひとりになると、雨音がさらに強くなった。物音が雨の中に吸い込まれ、静けさが生き物のように顔をだす。

食事を終え、立ち上がると、結実は火鉢の横に読売が二枚、落ちていることに気がついた。おおかた、源太郎が往診の帰りにでも買ってきたものだろう。

一枚目に書かれていたのは、長州征伐の顚末《てんまつ》だった。文月《ふみづき》に長州藩は京都守護職を務める会津藩主の松平容保《まつだいらかたもり》らを討とうと挙兵し、御所に発砲した。そのために長州藩は朝敵とみなされ、藩主である毛利敬親《もうりたかちか》らに追討令が出され、尾張《おわり》藩、越前《えちぜん》藩、西国諸藩など三十五藩から、総勢十五万人もの征長軍がこの霜月に着陣した。だが長州征伐は、長州藩三家老が切腹し、始まる前に決着したという。

もう一枚は天狗党のことだった。

筑波山で挙兵していた尊王攘夷《じょうい》派の天狗党は、武田耕雲斎《たけだこううんさい》を総大将、藤田小四郎《ふじたこしろう》を副将として八百人あまりの大部隊を編成し、ついに京都をめざしているという。

部屋に入ってきた母の絹が結実の後ろから読売をのぞきこみ、ため息をつく。

「きなくさいこと……いやだいやだ」

「なんのことだ？」

珍しく患者が途絶えたらしく正徹が入ってきた。源太郎が続く。雨の日は患者が少ないのが相場である。

「長州藩と天狗党のことですよ。ご公儀に武力で立ち向かおうなんて、無謀すぎますよ……はてさてどんな頭で考えたやら。人死にはまっぴらです」

絹は眉をひそめた。

源太郎は顎に手をやった。

「……しかし、正直、ご公儀を倒そうと考えるこの手の輩《やから》がでてくるのもわからねえでもないなぁ……横浜に異人の船がこれだけ入ってきているんだ。口では攘夷といっていても、ご公儀に港を閉じる気はないってことだろ。いってることとやってることが違う、そんなものを上に捧げおく気がしねえって思うやつもいるだろうぜ」

正徹が、絹が入れたお茶をひとくち含み、低い声で言う。

「十五万もの兵を集めておいて、長州を叩《たた》きつぶさなかったとはな……長州だって、このままおさまるかどうか……」

源太郎がうなずく。

「公方さまのお膝元の江戸といっても、うかうかできねえかもしれませんね」

「おとっつぁま、源ちゃん、脅かさないでよ」

源太郎は肩をすくめた。

「まあ、俺らが心配してもしかたねえや。上《うえ》つ方が考《かんげ》えることだ」

結実が、たけの亭主の佐平が右手の指を骨折し、痛みが治まらなくて困っていると
いうと、源太郎は往診の合間に佐平を訪ねてみると言ってくれた。

「そうだ、源太郎。おまえ、聞いてるか。栄吉のこと」

栄吉と聞いて、結実の胸が跳《は》ねあがった。

「ええ、まあ。……いいんですか、ここで話しても」

正徹は絹と結実をちらりと見た。

「かまわねえだろう。いずれわかることだ」

栄吉は千葉道場で待望の免許皆伝となったという。めでたいことなのになぜか、正
徹は苦虫をかみつぶしたような顔をしている。源太郎も眉間にしわを寄せていた。

その謎は次の正徹の言葉でとけた。

「年が明けたら、栄吉は西に行くそうだ。……龍馬さんを訪ね、神戸の海軍操練所に
入れてもらうつもりらしい」

結実の頭が真っ白になった。栄吉が江戸からいなくなってしまう？　栄吉が町火消しの纏持ちをやめ、西に行く？　呆然《ぼうぜん》としつつも、栄吉が龍馬や海軍操練所の話をしていたことを思い出した。あれは皐月《さつき》のことだったか。

「……海軍操練所とはなんですか」

絹が正徹にたずねた。

「穣之進兄の受け売りだが……海軍操練所は、神戸の小野浜《おのはま》に、勝海舟殿、龍馬さんたちが尽力して作ったいわば船のからくりと実技を学ぶところらしい。武士でも、町人でも出自を問わず志のある若者たちを受け入れているとも聞く。龍馬さんみたいな脱藩者もな。……それもあって、幕府から賊徒の巣窟《そうくつ》ではないかと疑いもかけられているそうだが」

「そんな……」

「そんなところだから、町火消しの栄吉も受け入れてくれるんじゃねえのか」

「でも、賊徒の巣窟って……」

結実が膝を進める。正徹はお茶請けのたくわんをぽりっとかんだ。

「まあ、京よりはいいか。新撰組なんかに入ったら命がいくつあっても足りねえっていう話だし」

「新撰組って？」

「京都守護職・会津藩預かりの、京の都を守る組織だ。京都見廻組は幕臣たちがつとめているが、新撰組は町人や農民など腕に覚えがある浪士で作られている。今や百名を越える大所帯だそうだが……千葉道場からは、藤堂平助、山南敬助などが参加し、幹部となっているらしい」

「かなり荒っぽい集団だそうですね」

源太郎はそう言って口を噤《つぐ》んだ。絹が大仰に首を横にふる。

「海軍操練所だか新撰組だか知りませんけどね、は組の頭が許さないでしょうに」

そのとき、真砂とすずが入ってきた。結実はすずに駆け寄る。

「おすずちゃん、栄吉さんが西に上るって、本当？」

すずの肩が細かく震えだした
「おすず、そうなのかい？　おまえはそれでいいのかい？」

真砂が細面の顔をこわばらせた。結実は驚いて真砂を見た。すずと栄吉がいい仲だと、真砂は知っていた。

「……別れてくれって。行かせてくれって」

すずは口を手で押さえると、走って外に出て行く。源太郎と正徹、絹の口がぽかんと開いている。

結実はあわてて後を追った。すずは井戸端で、雨に打たれながら両手で顔をおおっていた。すずの喉が鳴っていた。

「ごめんね。内緒にしていて。栄吉さんとあたし……」

私に謝らないで、と言いたかった。

「いいよ。何も言わなくても。ふたりの仲は、わかってたから」

気がつくと結実はすずにそう言っていた。すずには言いたいことが山ほどあるのに。言葉にならない。言葉にできない。

「世の中が変わろうとしているときに、栄吉さん、何もせずにはいらんないって。あたし、どうしていいかわからない」

結実は子どものように泣きじゃくるすずの肩を抱いた。

結実も泣きたかったけれど、黙ってすずの背中をさすり続けた。

五

あれほどしっかりしていて、何事もちゃんちゃんとやり遂げてきたすずが、ときおりふさぎ込むようになった。手を止めたまま、ぼーっとしたり、めそめそ涙を流すこともある。真砂や絹はもちろん、正徹や源太郎も、すずには何も言わない。栄吉とのことで悩んでいるのがわかっているからだ。

結実の心も晴れることがなくなった。

栄吉のことがみんなに知れたあの日から、すずはよく出かけるようになった。

もちろん、真砂の許しを得て出かけるのだが、結実は平静ではいられない。すずが栄吉と逢《あ》っていると思うだけで心がざわつく。夜遅くまで帰ってこないときなど、いったい何をしているのかと気が気でない。産婆はいつお産に呼ばれるかわからないのに、こんなに長く家を空けるなんてと、すずを責めたくもなる。

栄吉と仲よくしておきながら、おくびにも出さなかったことにも相変わらず腹がたっていた。こっそり逢瀬を続けていたなんて卑怯《ひきょう》だとなじりたくもなった。

「結実ちゃん、悪いんだけど、今晩、ちょっといいかな」

「栄吉さんのとこ？　もちろんいいわよ」

またなの？　いい加減にして。

喉元まで突き上がってくる黒い気持ちを押し込めて、結実は笑顔でうなずく。

「ごめんね。お世話になるばっかりで。でも誰かが産気づいたらどうしよう」

「まあ、そんときは、まかせて。どうぞごゆっくり」

「恩に着るわ」

結実は本心を封印し、いつもすずに胸をとんとたたいてみせる。

すずは心根が優しく、誰に対しても親切で、困った表情さえ愛らしい。結実もひとつ上のすずを頼りにしてきた。知っていることは何でも懇切丁寧に教えてくれる姉のような存在だった。すずの良さを結実は誰より知っている。それだけに、こんな心持ちになる自分も、いやでしかたがない。

悩みはそれだけではなかった。産婆という仕事に、以前のように熱が入らなくなっていた。藤の死産の痛みが生々しく続いており、産婆の仕事そのものが辛くなりつつある。

お産はきれいごとではすまされないことが多かった。お産で死ぬ人もいる。産後の肥立ちが悪く、長く寝付いてしまう者も少なくない。

無事に生まれた赤ん坊でも、大人まで生き延びるのは半数いるかどうか。七歳までの子どもは神の子であり、いつ神にお返しすることになってもおかしくないといわれているほどだ。

自分がとりあげた子が亡くなったと聞くのは辛かった。流行病《はやりやまい》が起きるたびに、みながが無事であるようにと祈るのも、習い性になっている。

男と女で赤ん坊の扱いが異なることにも憤りを感じる。生まれた子が女だとわかったとたん、跡取りを産めなかったと泣き出す嫁もいる。「女腹だ」と罵《ののし》られ、食を断《た》った人もいる。生まれたその日に、これ以上女はいらないので、養子先を探してくれと頼まれたこともある。

足の指が一本多く生まれた子を、その晩に殺してしまった親もいた。

相手の男に妻女がいるからと、さっさと中条流を紹介してくれと詰め寄る人もいた。

お産で命を落とす人がなくなってほしいと、結実は産婆になったのに。

真砂は、産婆はいいことばっかりの仕事じゃなく、辛いことも多いと言った。それでもいいと、十四歳の結実はくらいついた。

産婆になったら縁遠くなる上、自分の子どもにはきっと寂しい思いをさせると、絹は反対した。お針を習って、いいところの息子と祝言をあげるほうが賢い、とも言い続けた。結実は絹に、産婆になること以外は考えられないと首を横に振り続けた。

結実をかばって命を落とした、身重だった母・綾。綾の最後を思うと、結実は産婆にならなければこの先自分は生きていけないと思った。けれど見習いとなって八年目の今、母と子の命を背負うという責任の重さに結実は押しつぶされそうだった。目の当たりにする命の分け隔てにも、むなしさを感じずにはいられない。

お産には波のようなものがある。立て続けに産婆がよばれる日があるかと思うと、まったく声がかからない日が続いたりする。

三日ほどお産がなく、結実はほっとしていた。真砂とすずは往診に行き、結実は本宅の居間で古い寝間着をほどいておむつを縫っていた。お産の準備が十分できない人のために、真砂はいつも余分におむつや産衣を用意している。

章太郎は手習い所に、正徹も往診に行っている。絹はうめと共に歳暮の買い物に出かけて不在だった。凍えるような寒い日で、診察室にも人が少ない。

結実は玉留めをすると、糸を切り、針山に針を戻した。そのとき、患者が一段落ついた源太郎が入ってきた。いつものように結実の分まで湯飲みにお茶を注いでくれる。

「ありがとう」

ひとくち茶を含んだ結実を、源太郎はのぞき込むように見た。

「元気か？」

「……ええ……」

「そっか……」

源太郎は茶簞笥《ちゃだんす》の小引き戸を開け、せんべいが入った鉢をとりだした。絹はいつもここにお茶請けを用意してくれている。

「結実も食べな」

源太郎は鉢を結実の前に差し出した。源太郎はしょうゆの焦げたいい匂いがする大きめのせんべいを、白い歯でぱりんと嚙《か》む。

「このところ、あんまり笑わねぇような気がしてな」

源太郎がずずっとお茶を飲みながら言った。

「……源ちゃんの気のせいよ」

結実はうつむきながらぽりっとせんべいを嚙んだ。口飽きのしない、いつもの味だ。源太郎が家を継がないかもしれないという話を聞いてから、これまで二人きりになる機会はなかった。その思いを聞きたいような、聞きたくないような。口に出すのを憚《はばか》られるような。ちょっと気詰まりなときが流れた。

長火鉢の長方形の五徳にかけた鉄瓶がちんちんとなりだし、結実は顔をあげた。鉄瓶の口から湯が吹き出しかけている。

結実は鉄瓶を赤い炭からずらそうと、取っ手に手を伸ばした。

「あつっ」

しまったと思ったときは遅かった。熱くなっていた鉄の取っ手を布巾《ふきん》も使わず、素手で握ってしまった。取っ手をさわった指の腹が赤くなって、じんじんいっている。

「やっちまったな」

源太郎は腰を浮かし、結実の手をとり、のぞきこむ。

「大丈夫だ。冷やせば治る」

結実はうなずき、つっかけをひっかけ、縁側から井戸に走った。源太郎が水を汲《く》み上げ、縁台に座った結実に桶《おけ》をさしだす。冷たい水に手をつっこむと、痛みがすっと消えた。源太郎は、結実の隣に腰をおろした。

「まったく結実はうっかりしたところがあるからな……」

源太郎が冷やかすようにいったとたん、結実の目に涙が盛り上がった。

「……そう、うっかりだよね……」

堰《せき》が切れたように、結実の口から言葉があふれだす。

「うっかりやが産婆なんて、いいことないよね。人に迷惑かけるだけだもん」

「……なんかあったか」

結実は沈黙に耐えられなくなり、死産にひとりで立ち会ったと源太郎に小声で打ち明けた。

「私でなかったら、あの子は助かったかもしれない。赤ん坊、立派にお腹の中で熟して、この世に出てこようとしてたのに、みんなも待ってたのに……」

「……辛かったなぁ……」

源太郎は静かにうなずいた。空は晴れているのに、木枯らしがうなり声をあげている。残っていた葉がこれですっかり木から落ちそうだった。

「手伝いならできると思うの。でも、ひとりでお産を仕切って、人の生き死にをあずかるなんて、もう私にはできそうにない……」

泣き出した結実の肩に、源太郎は自分が着ていた綿入れをかけた。

「いいよ、そんなことしてもらわなくて……」

「寒いだろ。声が震えてるじゃねえか。水に手をつっこんでるんだ」

綿入れを戻そうとする結実の手を止め、源太郎は低い声で言う。

「お産は毎回違う。……これまでにないことが起きたら……焦っちまうよな」

源太郎は結実の顔を見つめる。

「真砂さんは知っているのか。結実の気持ち」

あいまいに結実は首をかしげる。

「……たぶん。でも、何もいわない。そういう人だもの」

見習いをはじめたころ、お産が始まったら、お湯を沸かし、清潔な布を用意し、部屋には油紙を敷き、力綱をたらせ、と言われた。他のことは、見て、覚え、工夫するように。学ぶはまねぶ、自分をまねることからはじめよ、と。

言われたとおり、結実はやれることはやってきたけれど、このままでは、目の前にふさがる壁を乗り越えることができそうにない。

「源ちゃん、医者をやめたいと思ったこと、ある?」

「……あるよ」

結実は目をみはった。源太郎は笑みを消していた。思いのほか長いまつげが目元に影を作っている。

「やめたくなったことのない医者なんていねえんじゃねえのか。血が止まらず命を落とした人、川で溺れてそのまま目をあけることがなかった子ども、腹のできものので苦しみながら死んだ人……忘れられねえよ。今だって血だらけの子どもや大やけどをおった人が運び込まれたりすると、……目の前で死んじまったらどうしようと、心の臓が口から飛び出しそうになる……」

「でも逃げられないのよね」

「逃げないよ。医者なんだから。命がかかってるんだ。……だから自分に言い聞かせる。辛いのは自分じゃなくて、患者だ。命を脅かしているものをまず取り除けって」

「……間違って、患者さんを辛い目にあわせたことなんてある？」

結実はさらに尋ねた。源太郎は一瞬間をおき、また首を縦に振った。

「……源ちゃん、浅草のおとっつぁまの跡をつがないなら、医者じゃなく他の仕事だってできるよね。やめたっていいのに……どうして」

源太郎は遠くを見るような目をして、ゆっくりと息を吐いた。

「……元気になった患者さんを見ると、医者でよかったと思うからかな。やっぱり、人を助けたいんだ。目の前にいる患者さんを放っておけねぇんだ。……だからなんでも帳面に書いておく。どんな治療をしたか、薬は何か、気がついたことは全部書き留める。好きな食べ物や仕事のこと、家族は何人か……。書いておけば、自分がしたことがよかったのか、悪かったのか、他に手はなかったかということも考えられる……」

そのとき、うめが源太郎を呼ぶ声がした。

「患者さんが見えましたよ」

「今、行きます」

源太郎は水から結実の手を引き上げて、手のひらを見た。

「もうちょっと冷やした方がいいな」

診察に戻りかけた源太郎が振り向いた。

「結実はうっかりなんかじゃねえよ。がんばってるひよっこの産婆だ。そういう俺も、医者のひよっこだがな。……いつだってやめられる。やれることがもっとないか、考えてみちゃどうだ？」

結実はそのまま外で指を冷やし続けた。源太郎がかけてくれた綿入れのおかげで、ちっとも寒くなかった。


その日から、産婆として悔やむことを一つでも減らすために、自分にできることとは何だろうと結実は考えはじめた。結実が思いついたのは、源太郎のように帳面に記録することだった。書いたからといって、何が変わるかわからない。

「書いておけば考えられる」

そういった源太郎の言葉を信じてみようと思った。

今扱っているお産だけでなく、これまでのお産のことも思い出せる限り、綴《つづ》り始めた。藤のお産について書くのは辛かった。でも、源太郎が言ったように、辛いのは自分なんかより患者だと自分を励ました。藤と亡くなった赤ん坊こそが、結実の何百倍も何千倍も辛く哀《かな》しかったのだと、筆を握り続けた。どんな風に、臍の緒がまいていたのか、おりてくるのにどのくらい時間がかかったのか。一から思いだし、綴った。妊婦ひとりひとりの帳面を作り、経過や治療法だけでなく、源太郎がそうしているように雑談で話したことも思いつく限り書き付けた。

文字にすることで、ひとりひとりの妊婦や赤ん坊のことがこれまでより身近に思えるような気がした。ひたすらこの作業を続ける中で、すずへのもやもやした気持ちが少しずつ淡く薄くなっていることに、あるとき結実は気がついた。

六

師走《しわす》も半ばをすぎた日、往診から帰宅した真砂とすず、結実の三人で団子を食べながらお茶を飲んでいると、すずが突然、うっと口をおさえて立ち上がった。団子をほおばっていた結実は何事かと驚いて後を追いかけようとした。

「大丈夫だよ」

真砂は結実の腕をそっとつかんだ。

しばらくして戻ってきたすずの顔からは血の気が抜けていた。

真砂はすずの両手を握った。

「つわりじゃないのかえ。月のものは？」

一瞬、遅れてすずがうなずく。結実はのけぞるほど驚いてしまい、声も出ない。

「栄吉さんには知らせたのかい？」

すずは唇をかみ、首を横に振る。

「先生、子持ちの産婆でも使ってもらえますか」

すずは真砂を強い目でみつめた。

「おすず、……まさか、ひとりで赤ん坊を育てるつもりじゃあるまいね？」

すずは唇をかみ、こくりとうなずいた。

「栄吉さんには知らせません。重荷になりたくないんです」

「重荷って……そんな……おすずちゃんひとりが全部背負《しょ》いこむなんて」

思わず結実は叫んだ。すずがかぶりをふる。

「西に行くという栄吉さんの思いを邪魔したくないの。お願い。黙っていて」

だしぬけに、すずの目から涙がぽたぽたと落ちた。

うつむいたまま唇をふるわせ、雨粒のような涙をこぼしている。

栄吉はそれでいいのだろうか。男と女がそういう間柄になったら、赤ん坊だってできる。赤ん坊を女に押しつけて、自分は独り身のまま、やりたいことをやる、栄吉はそれでよしとする、そんな男だったのだろうか。

「その子は、おすずだけの子じゃない。栄吉さんの子でもあるんですよ。だから、栄吉さんに伝えるのが筋です。……栄吉さんの旅立ちまでまだ刻はある。おすず、よく考えなさい。自分の思いだけじゃなく、その子のことも考えて」

真砂はそう言ったが、栄吉の思いを遂げさせてやりたいというすずの気持ちは変わらなかった。今まで以上に張り切って、すずは明るく立ち働いた。結実はそれがかえって痛ましいような気がしてならなかった。

「本当におすずちゃんは栄吉さんに知らせない気かな。それでいいのかな」

すずがいないときを見計らって、結実は真砂に尋ねた。

「あれでおすずは相当な頑固者だから。気持ちが落ち着くまで、もうちょっと待ってやりましょう。いちばん迷っているのはおすずなんですから」

真砂は結実の口を封じるようにぴしりといった。

結実とすずで、のぶえの往診にいったのはその数日後のことだった。

診察が終わったころ、のぶえの顔を見に栄吉が珍しくやってきた。すずの顔がぱっと輝き、結実の胸がどきっとなった。

栄吉は目の端ですずに微笑み、結実に気軽に声をかける。

「結実ちゃん、おすずがいろいろ迷惑かけてすまねえな」

「いいんですよ。人の恋路は邪魔しないことにしてますから」

思いもしなかった言葉がつるつると出てくる。そう言えたことで気持ちが軽くなったような気がした。栄吉はすずのもので、自分は見守る立場にいると、こうして納得させているのかもしれない。

栄吉は少し大きくなった妹ののぶえの腹をしげしげと見て笑った。

「甘ったれで泣き虫ののぶが母親になるなんてなぁ」

「昔の話でしょ……今じゃ、しっかりもののおかみさんって言われているのに」

「そりゃ、てえした変わり様だ」

「いつまでもちっちゃい娘っこじゃありません。兄さんも、おじちゃんになるのよ」

「なんだか照れくせぇな」

頭の後ろに手をやって、栄吉はへへへと笑った。

脳天気にそんなことを言っていられるのも、すずがすべてを引き受ける気でいるからだ。結実は、来年の夏には自分にも子ができるのだと言ってやりたかった。

だが、隣に座ったすずは、涼しげな顔をして微笑んでいる。

栄吉はすずの肩をとんとたたくと、帰っていった。

「久しぶりに兄さんの優しい顔をみた気がする。この子のおかげね」

のぶえは腹の子に話しかけ、吐息をもらした。

「兄さん、ほんとに神戸の操練所ってとこに行っちゃうのかな。兄さんにもいい人がいて、子どもでもあったなら、こんなことにならなかったかもしれないのに。いつまでもひとりもんだから、鉄砲玉みたいに勝手なことをやろうとして……」

栄吉はすずのことを誰にも伝えていないのだと、結実は唇をかんだ。ちらりと目をやると、すずはうつむいて手をぎゅっと握りしめている。

「……おとっつぁんはあんなやつぁ、勘当だと怒りまくってるし。ばあちゃんは跡取りが家を捨てるなんて、育て方が悪かったって、おっかさんを責め立てるし。おっかさんは泣いてばっかり。……赤ん坊が生まれるっていうのに、実家は、ばらばらのぐちゃぐちゃ……」

のぶえが目をおさえた。すずは目をふせたままだった。

帰宅すると、結実は母屋の居間で文机に向かい、帳面に、のぶえのことを綴った。

人の気配がして振り返ると、源太郎が上から帳面をのぞき込んでいた。

「おのぶちゃん、順調で何よりだな。……へぇ、栄吉が来てたのか」

のぶえが栄吉のことで泣いていたというと、源太郎は眉を寄せた。

「栄吉さんの神戸行きで、は組の頭の家はもうめちゃめちゃだって……」

「……で、おすずちゃんは、おすずちゃんとはどうなんだ？」

「おすずちゃんは、栄吉さんを黙って見送る気みたい」

「それでいいのか」

「……口じゃ、そう言ってるけど……神戸ってとこ、遠いんだよね」

結実は顔をあげた。

「江戸から歩きに歩いて京まで半月。神戸はその先だからな。……西は物騒なことになっていて、京では死人も大勢でてるっていうしなぁ……」

源太郎は腕を組んだ。

先日、遊びに来た伯父の穣之進が、京の情勢について渋い顔で語っていた。

長州藩は再び幕府軍と戦火を交えるべく準備を整えていて、京では長州藩、土佐藩、薩摩藩、会津藩、脱藩者、新撰組などが激しく争っているという。

「海軍操練所が襲われるなんてことないよね」

「さぁ、そこまでのことはないだろうが、今んところは……」

源太郎はふっと言葉を飲んだ。

「いずれは、あるかもしれないってこと？」

結実は眉をあげた。源太郎は重い口を開く。

「操練所を開いた勝さんは、攘夷派に狙われているそうだぜ。メリケン帰りで海軍建設の旗振り役で、開国すべきだと考えている。そんな人物をのさばらしておくわけにはいかねえと考える連中もいるだろう」

「そんな。……勝様といえばご公儀のお偉方なのに？」

「文月には、上様にもお目見えなされた佐久間象山《さくましようざん》どのが京で暗殺されてる。四年前にはこの江戸で登城中の大老井伊直弼《いいなおすけ》様が殺された……お偉方だろうが何だろうが、うかうかできねえんじゃねえのか」

大老は最高権力者だ。その人物が江戸城のすぐ近くで、一介の浪士に殺されたというこの出来事によって、幕府の権威は大きく揺らいだ。

事件が起きた桜田門外《さくらだもんがい》には、物見高い江戸っ子たちが連日、見物におしかけ、事件を扱った瓦版《かわらばん》が飛ぶように売れたのを、結実も覚えている。

「とはいえ、お偉方を襲うとなると相応の準備と覚悟もいる。……勝さんよりも、脱藩者の龍馬さんはもっと危ねえだろうな。ずいぶん用心してるらしいがな」

「栄吉さんは大丈夫だよね。ただの町火消しだもの」

「……ひとりならな。だが龍馬さんと一緒に行動するようなことがあればそうはいくめえ……」

源太郎は目をそらした。結実は唇をかんだ。

「栄吉さん、龍馬さんの用心棒になったりして……」

「血の気の多い男だからな……」

栄吉は火の中に取り残された人を助けようとして大やけどをおったことがある。一度命に関わるようなやけどをすると、火を恐れ、町火消しが続けられなくなる者も多い。だが、栄吉は今も、纏持ちとしていちばん危ない場所に立ち続けている。

龍馬に危険が迫っていると知れば、栄吉は身を挺《てい》しても守ろうとするに違いない。千葉道場の免許皆伝なので、腕に自信もある。頼まれなくても栄吉なら用心棒をかって出る。

「町を守り、人を助ける町火消しが……江戸を捨て神戸にいって刃物を持つなんて……酔狂にもほどがあるよ。……万が一死んだりしたら、子どもを抱えたおすずちゃんがひとりでどれだけ苦労するか……」

気がつくと、結実は独り言のようにつぶやいていた。

しまったと思ったのは、源太郎が怪訝《けげん》な表情で、目をしばたたいていたからだ。

「まさか、おすずちゃん、腹に子が？……え?! そうなのか」

もう言い逃れはできなかった。

おすずちゃん、ごめんと心の中で手をあわせ、結実はうなずいた。

「栄吉は知っているのか？」

結実が首を横にふると、源太郎はいぶかしげな目になった。

「そりゃ、まずいだろ」

「源ちゃんだったら知りたい？」

源太郎は虚を突かれた顔になり、人差し指で自分の鼻の頭を指さした。

「俺？ 俺の子ができたらってか？」

結実はうなずき、上目遣いに源太郎を見る。源太郎はぼんのくぼに手をやった。

「……子ができたのに、当人に知らせないってのはあんまりだろう」

「だよね。そうは言ってるんだけど、おすずちゃん、栄吉さんのしたいようにしてほしいから、絶対に黙っててくれって」

真砂とすずが往診から帰ってくる気配がした。

「おすずちゃんともう一度、話してみる。源ちゃんも力になって」

結実はすぐにすずの手を引いて戻ってきた。

だが普段はおとなしいすずは、真砂が言ったとおり、とんでもない頑固者だった。

「結実ちゃんのおしゃべりっ！」

それだけ言い、すずは貝のように口を閉じた。

「栄吉の神戸行きを止めたくないというおすずちゃんの気持ちはわかる。立派だ。でも栄吉だって、自分の子を親のいない子にしたいと思わねえだろう」

「栄吉さんに言わなければ、は組の頭のこともじいちゃんとは呼べない。のぶえちゃんのこともおばちゃんといえない。そんなの、子どもがかわいそうだよ」

源太郎と結実が懇々と説いても、すずは首を縦に振らない。

「栄吉さんは新しい日本を作ろうという龍馬さんの文を読み、心が震えたんだって。龍馬さんはいつか船で海を渡ろうと思ってもいるんだって。脱藩をしたお侍が、こんなすごいことを企てているなんて、栄吉さん、考えたこともなかったたって。龍馬さんのところに行ったら、町人の自分も同じ夢を見られるって、念願の免許皆伝まで頂戴《ちょうだい》して。……その嬉しそうな顔を見たら、止めることなどできゃしません」

最後にすずは目の縁を赤くして、一気にまくしたてた。

七

二日後の晩、伯父の穣之進が正徹を訪ねてきた。

例によって診察を終えた正徹と居間で酒を酌み交わし始めた。源太郎と章太郎もその場に座った。結実は絹の手料理を運びながら、みんなの話に耳をすませた。

やがて穣之進は龍馬から千葉道場に本日、手紙が届いたと言った。

「勝さんが霜月に軍艦奉行を罷免され、蟄居《ちっきょ》させられたそうだ」

「長年、海軍の創設と西洋技術の導入を唱えて、ようやっと海軍操練所を開いたばかりなのにか」

正徹が目をむく。海軍操練所と聞いて、結実は源太郎と目を見合わせた。

「神戸の海軍操練所は勝さんが直訴して、公方様がじきじきに許可なさったものなんだ。老中連中は、自分たちにろくな相談もなく、勝さんが頭ごしに決めちまったと、もともと臍を曲げてたんだよ。その上、いろいろ問題があってな」

穣之進が腕を組み、続ける。

「薩摩藩や長州藩、伊予宇和島《いようわじま》藩、仙台《せんだい》藩、越前藩、佐賀鍋島《さがなべしま》藩……操練所の入学正

規志望者は厳しい選別を突破してくる精鋭ばかりだ。一方、脱藩浪人や町人など勝さんの子飼いの連中もそこで学んでいる。普通なら相容《あいい》れねえ、毛色のまったく違うふたつの集団がひとつところにいるわけだ。それを勝さんと龍馬さんは、諸外国から日本を守る能力を持つ海軍を育てるという気概でなんとかまとめてきたらしい。だが、脱藩浪人の中には過激な尊攘行動に進む者もいてな……」

水無月《みなづき》の池田屋事件で新撰組に斬られた脱藩者の中に、海軍操練所で学んでいた者がいた。文月の禁門の変にも操練所の門下生が参加していたことが明らかになった。

そのため、探索の手が操練所にも及ぶという事態となった。

「操練所が幕府の機関でありながら尊攘派の巣窟となっていると疑われ……残念だが、近々、操練所は閉鎖されるだろうと龍馬さんが書いてきた」

穣之進は渋い表情で言い切った。

正徹は嘆息をつき、源太郎に栄吉を呼んできてくれと言った。源太郎はすぐに襟巻きを首にまき、厳寒の道を大伝馬町に急いだ。

あわてて駆けてきた栄吉は、正座したまま、神妙な面持ちで穣之進の話を聞いた。ひとことも言葉を発しない。操練所の閉鎖のくだりになると、栄吉が奥歯をかみしめる音が聞こえるかのようだった。正徹と穣之進が一緒に酒でもどうだと誘ったが、栄吉は頭を深々と下げ、低い声で帰りやすといった。

門の前で、すずが栄吉を待っていた。

「栄吉さん」

すずが駆け寄ると、栄吉は空を見上げた。

「行く場所がなくなっちまった」

「それでも龍馬さんは、栄吉さんのこと、きっと待っているわよ……」

すずは声を励まして栄吉に言う。源太郎が栄吉を迎えにいっている間に、結実はすずに事情をすっかり話していた。栄吉はふっと笑った。

「……おいらは侍になって、この日の本を異国から守るための海軍ってやつにへえりたかったんだ。……龍馬さんは好きだよ。けど、何が何でもついていこうというのとは違う。龍馬さんは龍馬さん。おいらはおいらだ」

「じゃ、これから栄吉さんは……？」

「さぁ、どうしようかなぁ。どうしたらいいかな、おすず」

栄吉はそう言うと、すずを抱き寄せた。すずの肩に顔をうずめむせび泣く栄吉の頭を、すずは何度も何度もなでていた。

そういう晩に限って、お産はあるものだ。本宅から結実が帰宅してすぐに、元大工町の桶屋の女房が産気づいたという知らせが来て、真砂と結実とすずは夜の道を急いだ。正確に言うと、門のところで栄吉と話していたすずが、真砂と結実がお産の用意をして出かけるのを見て、あわてて追いかけてきた。

腹の子がまだ小さいので夜の仕事は休んでいいと真砂は以前からすずに言っていたし、今晩は栄吉とふたりでいていいとも言ったのに。

「来なくていいって言ってんのに、何で来るのよ」

早足で歩きながら、結実は怒ったように言った。すずは結実をきっと見返す。

「あたしは産婆見習いだから」

「栄吉さんと話すこと、もっとあったんじゃないの？　栄吉さん、今晩はおすずちゃんと一緒にいたかったんじゃないの？」

ぴゅーっと音をたてて風が吹き抜ける。結実は襟元をかきあわせた。師走の夜風は刺すように冷たかった。

「あたしたちのことはいいから」

「そうはいかないわよ。栄吉さんに、子どものこと伝えたの？」

結実はそれが気になって仕方がない。自分の子どもが産まれると知ったら、栄吉はどう思うのか。どうするのか。結実がつばを飲み込みながら、すずの答えを待ったのに、すずはそっけなく「言ってないの」とつぶやいた。結実は足を止めた。

「はぁ？　言ってない？　信じられない。この期に及んでも？　なんで！」

「まだ言いたくないから」

「言わなきゃだめでしょ。赤ん坊はおすずちゃんだけのものじゃないのよ」

「わかってるわよ、そんなこと」

「おすずちゃんの頑固者！　融通の利かない石頭！」

「結実ちゃんのおせっかい！」

「結実！　おすず！　往来でみっともない。ぼやぼやしていると、赤ん坊が産まれてしまいますよ」

先を行っていた真砂がふり返るなり雷を落とした。

産婦は十九歳で初産だった。刻がかかると思いきや、赤ん坊は下り始めていて、それからはてんてこ舞いだった。明け方近く、無事にまるまると太った女児が誕生した。

長屋のおかみさんたちが入れ替わり立ち替わり、赤ん坊の顔を見に来た。

「おっかさん似の器量よしだ」

「うちの長屋で赤ん坊の声が聞こえるのは久しぶりだ」

「早く、抱かしておくれよ」

「もうちょっと待って。ああ、いい匂いがするねぇ……」

女たちの笑い声がはじけ、狭い長屋は人いきれでいっぱいだ。

「……みんなに喜ばれて……赤ん坊もおっかさんもうれしいね」

すずが帰り道にぽつりとつぶやいた。結実が口を開く前にすずが続ける。

「……栄吉さんに、これからのことをしっかり考えてほしいの。悔いを残してほしくないの。だから、栄吉さんがどうするかを決めたら、そのときに子どもがいることを伝えるつもり。きっともうすぐよ。だから急かさないで、お願い」

すずはそう言って微笑んだ。

こうと決めたら梃子《てこ》でも動かないすずには敵《かな》わない。結実はもう笑うしかない。

と、不意にすずは結実の手を握った。

「な、何?」

「前はよくこうして帰ったよね」

すずは手に力をこめる。結実の脳裏に、産婆見習いとして働き出したころのことが不意に蘇った。結実は十四歳、すずは十五歳。あのころ、お産のいろはも知らず、ふたりは毎日、真砂に叱られっぱなしだった。夜通しのお産を終えた朝など、思うように動けなかった情けなさが疲れた身体にずっしりとのしかかり、帰宅する足取りが重くなる。

そんなとき、すずは結実の手をそっとつかみ、「顔をあげて。ずっと下向いてるわけにはいかないんだから」と結実を励ましてくれた。結実の手を痛いほど握るのは、決まってすず自身が厳しく叱責されたときで、「あたしこんなことでやめないから」とすずは自分に言い聞かせるように繰り返したりもした。

結実の隣にはいつもすずがいて、何事もふたりで一緒に乗り越え、今日まで歩んできたのだ。

すずがふっと立ち止まった。まっすぐに結実を見つめる。

「……あたしの子は、結実ちゃんにとりあげてほしい」

「え？」

「あたしの子を結実ちゃんにお頼みします」

「あたしに⁉」

「結実ちゃんにお願いしたいの」

「ほんとに？　あたしでいいの？」

こくんとすずがうなずく。

「身篭ったとわかったときから、この赤ん坊は結実ちゃんにとりあげてもらおうって思ってたの」

そう言ってちょっと恥じらうように、すずは肩をすくめた。

結実はびっくりしてしまい、胸に何かがつかえたようで言葉が出てこない。未だ見習いが外れていない自分に、すずがお産を託してくれるなんて、思ってもみなかった。

肩で息をして、ぱちぱち目をしばたたかせている結実の顔を、すずがのぞきこむ。

「……大丈夫？」

「う、うん。は、はい。……いや、あの……そう言ってもらえるなんて、ありがたすぎて……あたしなんかに」

しどろもどろに言った結実に、すずがすかさず声を重ねた。

「何言ってんの？　結実ちゃんたら。……結実ちゃんほど、赤ん坊とおっかさんの親身になってくれるお産婆さんはいないわよ。あ、真砂先生は別にして」

「おすずちゃんのためにも、腕を上げるようにいっそう精進いたします」

「あたしも負けません。でも頼りにしてる」

ふたりは顔を見合わせて笑った。笑いながら、結実の目に涙が滲《にじ》み、あわててしゅんと洟《はな》をすする。夜空に浮かぶ黄色い月も笑って見えた。

翌日、結実が往診を終え帰ってくると、章太郎が本宅の居間でどんぐりと松ぼっくりを墨で描いていた。

「お茶、飲む？」

「いらない」

「おせんべい、食べる？」

「いらない」

章太郎は一心不乱に筆を走らせている。

「こうしてみると、いっぱしの絵師って感じね」

結実が感心したようにいうと、章太郎は筆を止め、顔をあげた。

「ほんとですか」

「ええ」

章太郎はにんまり笑い、一気に話し始めた。

「おもしろいんですよ。たとえばこのどんぐりは茶色い固い殻をかぶり、お椀《わん》のようなものをお尻につけていますよね。この形のすべてに意味があるんです。描いているとそれがよくわかって、わくわくするんです」

昆虫や病気から守ってくれるのがお尻の固いお椀であり、丸みのある形は転がりやすさのためのものだという。

「斜面を転がるのに、この形はぴったりなんですよ」

次に章太郎は松ぼっくりの笠《かさ》が大きく開いているものを手にとった。開いた鱗片《りんぺん》の間に指をいれて、膜に包まれた一片を引き抜く。薄い花びらのようなものの一部だけがほんのちょっと盛り上がっている。

「松の種はこのふっくらしたところに入っています。よく晴れた日に、松笠《かさ》がぱかっと開くと、膜が翼のように風をうけ、くるくる廻《まわ》りながら飛んで行くんです」

「へぇ、そうだったんだ」

結実は種を見つめた。こんな小さな種が空を飛び、あるいは大地を転がり、大地に根を張り、大きな松や椚《くぬぎ》に育つということが、素直に胸に響く。

「すごいね。ちっちゃくても強い命がつまっているのね」

我が意を得たとばかりに、章太郎の顔に笑みが広がった。

「でしょう。植物には動物と違って足がありません。自分では動けないんですよよ。樹木は、親の木の近くでは、病気や害虫の被害を受けやすく、なるべく親元から遠く離れた場所で芽をださなくてはならないんだそうです。だから種に工夫が仕込んであるんです。みな、植物が子孫を残すための知恵なんです」

蒲公英《たんぽぽ》が綿毛のついた種を飛ばすのも、鳳仙花《ほうせんか》の実が弾けて種を飛ばすのもそうした知恵によると続ける。

「種は大事ですから、むやみやたらに飛ばしたりもしないんです。鳳仙花の実がまだ緑色のときには触っても皮は弾けません。種が熟して茶色になってはじめて、ぱんと弾ける。自分の子どもをちゃんと残すために、時期も見極めているんです」

章太郎は庭に目をやった。

「どくだみも冬に茎や葉が枯れますが、根っこは生きて根を伸ばしていて、春になれば再び芽吹く。そしてたちまち、もさもさになります」

葉っぱも花も実も、ひとつとして同じものはないと章太郎は力をこめた。

「なぜ蓮華《れんげ》は群れ咲き、牡丹《ぼたん》の花はあれほど花びらが重なっているのか。走って逃げることができないのに虫や病気に襲いかかられても、どうして生き残ってきたのか。絵を描くといろんな考えが頭をよぎって、とってもおもしろいんです」

章太郎は目を輝かせながらいった。

数日後、白澤屋のふくがさとを連れて訪ねてきた。師走も後半となったこの時期、お歳暮を持って真砂に挨拶にくる人が多い。

「その節は本当にお世話になりまして……」

有名な菓子店の羊羹《ようかん》をふくは差し出し、真砂とすず、結実に頭を下げた。

ふくは相変わらずほっそりしていたが、肌には艶が、頬には血色が戻っていた。八百菜を出たときとは別人のように、表情がいきいきしている。

「元気でさえいればきっといいことがあるって、あのとき結実さんが言ってくれたでしょう。ほんとにそうだなって」

部屋の中をはいはいをしながら動き回っているさとを目で追いながらふくが言った。

「おさとちゃん、こっちにいらっしゃい」

結実が声をかけると、さとはにっと笑い、ぱたぱたと寄ってきて結実にひっついた。乳が足らずに弱々しく泣いていた面影はもうどこにもない。

「元気になってよかったね」

「八百菜のお姑さんに、いやなことをいっぱい言われても、結実さん、私の様子を見に来てくれたから……。私たちが今生きていられるのも、結実さんや真砂先生のおかげです。本当にいいお産婆さんに出会えてよかった……」

抱き上げて、高い高いをすると、さとは声をあげて笑った。そのときもうひとり、来客があった。ふくがさとの乳持奉公を頼んでいた八右衛門店に住むたけだった。

「まあ、おさとちゃん、おっきくなって」

ねんねこからおろした金太に、さとが興味深そうに近づいていく。まだ言葉もしゃべれないのに、互いに顔をのぞきあっている金太とさとの姿が愛らしい。

たけはのし餅を真砂に渡し、頭をさげた。

「四人目も無事に取り上げてもらって、ありがとうございました。乳持奉公も紹介してもらって……暮らしもうんと助かりました」

「助かったのはわたしのほうです。おたけさんのお乳を分けてもらえたから、おさとも元気に育つことができたんですもの」

ふくが礼をいう。

それからたけは結実にがばっと頭を下げた。

「うちの亭主までお世話になっちまって……」

そういえば、先月、鎧の渡しでたけと会ったとき、亭主の佐平が指を痛め、骨接ぎに診てもらったが痛みがとれないと言っていた。

「源太郎さんがすぐに来てくれなかったら、亭主の手はどうなっていたか。骨接ぎは中指の骨は接いでくれたんだけど、もう一本、隣の指の骨も折れていたんだそうで。これじゃ痛いわけだと源太郎さんが添え木を新しくしてくれて……おかげさまで正月明けからは仕事に戻ることができそうです」

源太郎に佐平の手をみてほしいと頼んだが、話はそれっきりになっていた。

「やだ。源ちゃんたら、何も言わないから、全然知らなかった」

「診察代もいいって。……よかったんでしょうか。わざわざ来てもらったのに。……章太郎坊っちゃんが立派な絵を描けるようになったらうちの亭主に表具を頼むから、その代金を少しまけてくれればいいって……」

「源ちゃんらしい……そんときはどうぞ、まけてくださいね」

結実は苦笑した。真砂が金太を抱き上げた。

「ずいぶん重くなったこと、ずしっとくるわ。……働き者の佐平さんが仕事を休んでいたなんて、辛かったでしょうね。四人の子のおとっつぁまなのに。休んだ分をとりかえそうとこれからはいっそう仕事に励んでくれますよ」

「それがね、どうやらもうひとり……」

たけが大きな身体を恥ずかしそうによじった。

「ええ～っ、お腹にもう？」

「はい……またお世話になります」

結実の目が丸くなる。真砂もすずも唖然《あぜん》とたけをみつめた。

八

正月から雪の降る日が続き、寒さが厳しくなった。

四日には、栄吉は見事に、はしご乗りを決めてみせた。

その翌朝、井戸端で顔を洗っていた結実に、すずははじらうように微笑み、そっと耳打ちした。

「一緒になろうって栄吉さんが言ってくれたぁ？」

思わず結実が大声で繰り返すと、すずは口元に人差し指をあてた。

「大声をださないで。恥ずかしい」

「そうだね。……え、そうかな。ま、とにかくよかったぁ。やっとだね。子どものこと、言ったの？」

うふっとすずは肩をすくめる。その顔を見て結実の顔から瞬時に笑みが消えた。

「まさか、言わなかったの？」

「あの人がその気になるまで言わないと決めていたから。でも一緒になろうと言ってくれたから、今年の夏には子どもと三人で暮らせるねって答えたの。そしたら、驚いたのなんのって」

栄吉はすずを苦しいくらい抱きしめ、お腹をさすり、目に涙を浮かべたという。どんなにすずが嬉しかっただろうと思うと、結実の目も赤くなった。

「それにしてもあきれた！　どれだけ我慢強いの、おすずちゃんは」

すずはきょとんとして結実を見返す。

「あらそんなことないわよ」

「栄吉さん、なんて言った？」

「おすずにはかなわないって。あのおっきな目玉をもっと大きくして」

「目玉がこぼれ落ちそうだった？」

「うん」

柔らかく微笑んで、すずは鼻からふんと息を吐く。

すずにかかったら、栄吉だってかなわない。すずは掌《てのひら》に栄吉をのせている。栄吉はそれと気づかずに、これからもすずの掌で回り続けるに違いない。ふたりの行く末が、結実には見えるような気がした。

それからはめまぐるしかった。

翌六日、栄吉はすずを家に連れて行き、は組の頭に夫婦になる許しを請うた。神戸行きもなくなり、栄吉が幼なじみのすずを女房をもらって落ち着くというので、頭はもちろん妹ののぶえたちも万々歳。異論が出るはずもない。

上機嫌になった頭の口から、「こいつは、春から縁起がいいわえ」という歌舞伎の三人吉三《さんにんきちさ》の台詞《せりふ》が飛び出したほどだった。

七日には、栄吉がすずの家に行き、すずの両親に夫婦になる許しを得た。お腹に子がいることもあり、すべてがとんとんと進んでいく。

やがて大伝馬町の裏店を新居と決め、すずは祝言の準備のために実家に戻った。

そして正月が終わった十五日にふたりは栄吉の家で祝言をあげた。

「いい祝言だったたな」

祝言の帰り道、源太郎は結実にいった。

「本当にきれいだった。綿帽子姿のおすずちゃん」

正徹や真砂たちは一足先に帰っている。

「おすずちゃんを見る栄吉のでれでれした顔といったら、見られたもんじゃなかったな」

くすっと結実が笑う。

「うわっ、その言い方……おすずちゃんを女房にした栄吉さんがうらやましいんでしょ」

「そっちこそ。伊達男《だておとこ》の栄吉をつかめえたおすずちゃんをうらやましそうな目で見てただろ」

ふたりの祝言はにわか仕立てにもかかわらず、町火消しが勢揃《せいぞろ》いし、木遣《きや》りを唄《うた》い、それは華やかなものだった。江戸の女なら憧れずにはいられない祝言だ。

「当たり前でしょ。絵に描いたような恋女房と恋亭主だもん」

結実はそう言うと、源太郎をまじまじと見た。

「いつも髪の毛を、そんな風にきちんとしていたらいいのに」

源太郎は背が高く、紋付き袴が意外に似合っていた。普段はぼさぼさの髪もきれいになでつけている。結実も髪を島田に結い、赤い手絡《てがら》をつけ、銀びらの短冊が垂れ下がった簪《かんざし》をさしていた、この簪は母・綾の形見だ。初春らしい梅柄の晴れ着と緞子《どんす》の帯は、絹の見立てだった。

「結実もこうしていると……馬子《まご》にも衣装だな……」

「馬子にもって……」

頬をふくらませた結実の肩を源太郎が笑顔でぽんとたたく。

「きれえだってことだよ……」

結実は目をみはった。そんなこと、源太郎がさらりと言うなんて思っていなかった。

胸が震え、そんな自分にとまどう。きれいと言われてこんなに嬉しいなんて。言ったのは源太郎なのに。いや、源太郎だからなのか。不覚にも気持ちがふわふわと舞い上がってしまった自分がちょっとばかり悔しくもある。

「産婆の仕事……続けるんだろ」

「うん」

早春の青空が広がっていた。その中を雪がちらちら舞い始めている。

「源ちゃんのおかげよ」

「俺は何にもしてねえぜ」

「話を聞いてもらってありがたかった」

思いがけないほど素直に礼が言えた自分に結実は驚いた。照れくさそうに源太郎が目を細める。

「結実はきっと頼りにされる産婆になる。これから、おすずちゃんは通いか……忙しくなるな」

「うん。ぎりぎりまで仕事を続けて、おすずちゃん、産んでひと月もしたらまた戻ってくるって言ってくれてるけど……とにかくあたし、がんばらなくちゃ」

それから結実は、胸の中に大切にしまっていた話を源太郎に思い切って打ち明けた。

「……おすずちゃん、私に赤ん坊を取り上げてほしいって言ってくれたんだよ」

源太郎が目を大きく開き、結実のおでこを人差し指でつんとつついた。

「そりゃいいや。いちばん近くで結実の産婆修業を見てきたのが、おすずちゃんだ。誰に頼まれるより嬉しいじゃねえか」

源太郎の声が、優しく結実の心に染みこんでいく。すずのこの言葉に結実がどれだけ力と喜びをもらったか。源太郎は瞬時にわかってくれた。

雪は次第に強くなった。源太郎の髪にかかった雪が溶けずに、うっすらと降り積み始めている。

そのときだった。源太郎が自分の襟巻きをとり、「寒いだろ」といって結実の肩にふわりとかけ、唐傘をぱっと開いた。結実の肩を強く引き寄せる。

「源ちゃん……」

さらさらと雪が傘にあたり音をたてる。肩に置かれた源太郎の手から熱が伝わってくる。源ちゃんの手、こんなに大きかったっけ。結実はそれ以上、声が出せなくなった。

「結実はいつだって一生懸命で根っから優しいお人好《よ》しだ。鼻っ柱は強いけどな」

口をとがらせかけた結実に源太郎は微笑み、肩を抱いたまま歩き出す。

通り過ぎざま、「いよっ、ご両人、おやすくないね」と冷やかす声がして、結実があわてて身体を離そうとしたが、源太郎は肩に置いた手を離さなかった。

「しばらくこのままで……」

源太郎が前を向いたまま低い声でつぶやいた。

雪は激しさを増していく。江戸の町が真っ白に染まりはじめていた。

むすび橋《ばし》　結実《ゆうみ》の産婆《さんば》みならい帖《ちょう》　朝日文庫

2021年6月30日　第1刷発行

著　　者　五十嵐佳子《いがらしけいこ》

発 行 者　三 宮 博 信
発 行 所　朝日新聞出版
〒104-8011　東京都中央区築地5-3-2
電話　03-5541-8832(編集)
03-5540-7793(販売)
印刷製本　大日本印刷株式会社

ISBN978-4-02-264996-6

朝日文庫

宇江佐　真理
うめ婆《ばあ》行状記

北町奉行同心の夫を亡くしたうめ。念願の独り暮らしを始めるが、隠し子騒動に巻き込まれてひと肌脱ぐことにするが。《解説・諸田玲子、末國善己》

宇江佐　真理
憂《う》き世店《よだな》
松前藩士物語

江戸末期、お国替えのため浪人となった元松前藩士一家の裏店での貧しくも温かい暮らしを情感たっぷりに描く時代小説。《解説・長辻象平》

山本　一力
たすけ鍼《ばり》

深川に住む染谷《せんこく》は〝ツボ師〟の異名をとる名鍼灸師。病を癒やし、心を救い、人助けや世直しに奔走する日々を描く長編時代小説。《解説・重金敦之》

山本　一力
立夏の水菓子
たすけ鍼《ばり》

人を助けて世を直す——深川の鍼灸師・染谷の奔走を人情味あふれる筆致で綴る。疲れた心にもじんわり効く名作時代小説『たすけ鍼』待望の続編。

細谷正充・編／宇江佐真理／北原亞以子／杉本苑子／半村良／平岩弓枝／山本一力／山本周五郎・著
情に泣く
朝日文庫時代小説アンソロジー　人情・市井編

失踪した若君を探すため物乞いに堕ちた老藩士、家族に虐げられ娼家で金を毟られる旗本の四男坊など、名手による珠玉の物語。《解説・細谷正充》

朝井まかて／安住洋子／川田弥一郎／澤田瞳子／山本一力／山本周五郎／和田はつ子・著／末國善己・編
いのち
朝日文庫時代小説アンソロジー

江戸期の町医者たちと市井の人々を描く医療時代小説アンソロジー。医術とは何か。魂の癒やしとは？　時を超えて問いかける珠玉の七編。